緋彈的亞莉亞 IV

Aria the Scarlet Ammo

殞落的緋彈

赤松中學

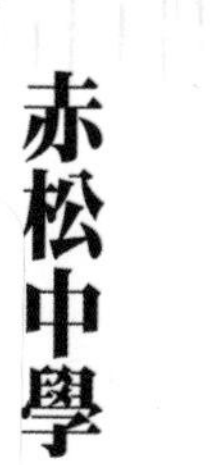

Kanzak
H Aria
強襲科　神崎·H·亞莉亞
繼承了名偵探的基因，
精明能幹的S級武偵。為了拯救自己的母親，
目前正與犯罪組織「伊幽」交戰中。

偵探科
遠山金次
E級武偵，在千百個不願意之下成了亞莉亞伙伴。
因為某種特殊體質的關係，
不擅長應付女性。
Kinji
Tohyama

偵探科
峰 理子
SSR
超能力搜查研究科
星伽白雪
車輛科
武藤剛氣
狙擊科
蕾姬

情報科
貞德達魯克
強襲科
不知火亮
???
加奈
裝備科
平賀文

「你們太不成氣候了。
佩特拉這種程度的角色，都能讓你們大意失荊州，
『第二個可能性』已經沒有了。」

Contents

赤松中學
緋彈的亞莉亞
Aria the Scarlet Ammo
IV
殞落的緋彈

1彈　不可視子彈

「我們現在，一起去殺亞莉亞吧。」

這句話，確實是出自加奈口中。

要殺亞莉亞？

「你在……說什麼啊，大哥……！」

我的額頭滲出了冷汗。

天空的晚霞一秒一秒地，逐漸轉為深藍色的夜空。

於無人的人工浮島——「空地島」上吹拂的海風當中，

「？」

大哥坐在風力發電機的扇葉上，微歪著頭露出疑惑的表情。

……對了。

這麼說來……

當大哥徹底化身成絕世美女・加奈時，他會不知道「大哥」就是在指他自己。

「**加奈**。等一下。我現在過去妳那邊。」

我改變了稱呼方式，像在爬坡一樣，一步步走過波音737傾斜的機翼。這架飛機是四月的時候，我讓它迫降在這裡的。

要殺亞莉亞？

八成有什麼地方搞錯了。這是在開玩笑吧。

我一邊對自己如此說道。

加奈——大哥的為人比任何人都還要正直。

他總是優先替弱者著想，不太會從貧困的人手中收取報酬，就這樣一路奮戰過來。

就算敵人再強大，他都會不顧自身安危，挺身對抗。

這樣的大哥——為什麼會說出那種話呢？

「我們半年不見了……妳一開口就說……要殺亞莉亞？拜託妳不要開這種惡劣的玩笑好嗎，加奈。」

我走到翼端最邊緣處，靠近加奈。

這裡距離加奈坐著的風力發電機扇葉——大約有兩公尺。

要跳過去不是難事。

不過……此處離地面有一段距離。摔下去大該會沒命吧。這裡雖然叫作浮島，不過空地島的表面可是塗了一層厚實的混泥土。

「我沒有開玩笑。我今晚就會去殺亞莉亞。」

加奈的美聲當中，藏著有如寶石一般的堅定意志。

「亞莉亞。神崎・H・亞莉亞。那位少女是……巨凶的根源。我們為了義而活，討伐巨惡是遠山家的天命——」

此話一出……我不禁感到毛骨悚然。

義。

即是「正義」。

至今為止，加奈只要說出這句話，就一定會達成目標。

慘了。

失蹤的加奈才剛回來——似乎就打算動手「殺了亞莉亞」，理由是什麼我完全搞不懂。

我真的搞不懂。我的腦中混亂到了極點，現在一片空白。

不過，要是我現在不馬上阻止加奈的話……她真的會殺了亞莉亞！

這個直覺牽引著我。我看了眼下，離地約十五公尺的高度。

亞莉亞的笑容，閃過了我的眼瞼內側。她那因為母親的審判轉為有利，而高興抱住我的模樣。

「加奈！」

同時，我半衝動地使勁一躍！

從翼端跳到了風力發電機的扇葉上。

我應聲降落在約有長椅寬的扇葉上，要跳過去本身不是難事。

但是兩人份的重量，卻讓扇葉輕搖了一下。

「嗚……！」

我冒出冷汗彎起身體，壓低重心維持平衡。

而另一方面——加奈連眉毛都沒動一下。

「出埃及記三十二章二十七節：你們各人把刀跨在腰間，在營中往來，從這門到那門，各人殺他的弟兄，與同伴，並鄰舍……跟我來吧，金次。」

她默唸出聖經的一節，背對東京燦爛奪目的燈光裝飾，站了起來。

「亞莉亞還很幼小。只要沒有伙伴在她身邊，肯定可以輕鬆殺死她的。」

「我叫妳等一下了，加奈！」

我任憑驚訝和憤怒的擺布，語氣不自覺地粗暴了起來。

「妳……失蹤了半年——現在突然說這話是什麼意思！妳知道我到今天為止是抱著什麼樣的心情嗎！然後妳現在突然說……要殺亞莉亞？這算什麼啊！」

啊啊！我居然對加奈怒吼了。

變裝成絕世美女的手法姑且不論，這位加奈能夠將遠山家代代相傳的爆發模式發揮得淋漓盡致，我總是憧憬著她的高潔和強韌，現在我居然用這種口氣跟她說話。

我自己也不敢相信。

但更叫我難以相信的是，加奈剛才說的話。

「……是嗎。看來，你也經歷過了幾場戰役對吧。」

加奈用沉穩的聲音說。

「那是……什麼意思？」

「我用看的就知道了。很遺憾的——伊・幽在**外頭**也有培育人才。」

伊・幽。

加奈口中說出的字眼，讓我冒出了冷汗。

伊・幽是一個人才輩出的秘密結社，就像學校一樣培育出了理子、貞德和弗拉德等超人們，也是一個視法律如無物，讓亞莉亞的母親蒙受不白之冤，背負高達有期徒刑864年的組織。

「加奈……加奈妳現在在伊・幽嗎……？」

面對我的問題，加奈閉起了薔薇色的唇瓣。

沉默的時光，隨著夜晚的海風流逝而去。

「為什麼……！為什麼加奈妳會待在那種組織裡！」

我說完，加奈輕輕搖頭，

「伊・幽的事情——我不能說。我不想讓你遇到危險。金次。我希望你現在什麼都別問，只管來助我一臂之力。」

她如此回答。

有一股分不清是憤怒還是絕望的漆黑情感，湧上了我的心頭。

我的眼眶，甚至莫名地浮現出淚水。

「來吧，金次。金次不會……不聽我的話吧？」

加奈溫柔且令人懷念的聲音，彷彿呢喃般宣告說。

啊啊……

沒錯。

妳說的對，加奈……大哥。

我比任何人……都還要相信正直、溫柔且強韌的你。

所以你有任何吩咐，我都會很心甘情願地去實行它。

「我相信金次。相信你一定會助我一臂之力。」

我聽到加奈的話低下頭來，緊閉雙眼想要逃離這痛苦的現實。

亞莉亞。為什麼我，為什麼我非要殺死妳才行……！

至今和我共同奮戰、共同生活的亞莉亞身影，不停在我的腦中盤旋。

她和「峰・理子・羅蘋4世」、「魔劍・貞德」、「德古拉・弗拉德」等人，勇敢奮戰的身影。

以及她闖進我的住處，吃個桃饅掉滿地，還有看著電視喧鬧不休的身影。

「來吧，金次。**工作**只要一個晚上就會結束了。」

我和亞莉亞在身後早已變形的客機當中，接了吻——

我回想起這件事，同時聽見加奈的話語後，

「——！」

刷！

當下，連我自己也不知道為什麼。

我已經拔出了腰際上的貝瑞塔。

瞄準的目標是加奈。

槍的正中線，對準了她。

我背對武偵高中……背對著和亞莉亞共同生活的地方……

阻擋著加奈，宛如在守護那裡一樣。

「……」

加奈有如美術品的雙眼——

些許圓睜。

『這是怎麼回事？』

她沒有說話。但她的視線，彷彿在尋問我的心靈。

我也……不知道為什麼。

為何我現在會用槍指著加奈？

她應該是我最尊敬的人才對啊。

為什麼……！

「……輕易讓人看到自己的武器，不是一件好事。」

加奈宛如蝴蝶飛舞般，輕嘆了口氣。

「要是讓人看見你的武器，彈數、射程距離、甚至連武器的優缺點……都會被對方給看穿。這點你要記起來。」

——磅！

槍聲！

但是，我雙眼捕捉到的只有加奈手邊綻開的閃光。

槍響的同一時間，一陣令人不快的聲音，「咻」一聲襲擊了我的右耳。

我認得那個聲音，在強襲科時我體驗過好幾次。那是子彈飛過耳際的聲音。

我的身體本能地想要保護右半身，身體大幅向左傾。

（嗚！）

我的腳因此踩空從扇葉滑落——在千鈞一髮，我丟出皮帶內附的繩索，勉強讓自己掛在扇葉正下方三公尺處。

我努力不讓手槍掉落，並將它收回槍套後，抬頭瞪著加奈。

剛才那是——槍擊。

但我完全沒看到子彈。

那八成是大哥的招式之一，「不可視子彈」吧。

我以前從大哥的同僚口中聽說過，並不清楚其原理，不過所謂「不可視子彈」就如同它的名稱，是一種**看不見手槍的槍擊**。

一種讓人連何時拔槍、何時被瞄準、甚至連何時被擊中都搞不清楚的技巧——這種攻擊人類根本無從反應，更別說是反擊了。

加奈用這招打倒過許多凶惡的罪犯，現在她**也對我這個弟弟，使出了同樣的招式**。

加奈站到扇葉邊緣後……磅！

身旁又瞬間一閃，放出了子彈。

——還是看不到槍。

一種東西撕裂的微弱感覺，傳到了我的手邊——讓我的雙眼驚愕地睜大。

扇葉下方處，吊著我的繩索發出「嘶嘶嘶」的聲音，正逐漸地綻開斷裂。

看不見的第二發子彈，似乎「掠過了」我的繩索。

這是何等的超精密射擊。居然硬是用手槍子彈，「掠過」這條像手機吊飾一樣細繩索，而不是「直接把它射斷」！

「……我完全沒想到。金次居然會用槍指著我。這簡直就是螳臂擋車——」

加奈在扇葉上方露出了沉悶的表情，似乎對某件事情感到迷惘一樣。

「我和金次的實力差距，就等於大人和小孩……不對，還要差更多。你應該知道才對吧？」

是啊。那種事情我知道。

就算我現在是爆發模式，恐怕也贏不了妳吧。

「……既然這樣，為什麼還要與我為敵？」

加奈一臉煩惱地問道。

但是繩索快要斷開的我，沒空和她聊這些。

我伸手想要回到扇葉上——可是，現在我不能直接爬上去。

手邊傳來的振動感告訴我，每當繩索受到刺激，它就會一點一點地逐漸斷裂。

我必須把動作放輕，不要搖晃到繩索，慎重地往上爬……！

「……金次和亞莉亞的感情很好嗎？」

加奈露出煩惱的神色……

長睫毛的雙眼，斜眼望了過來。

「──你喜歡她嗎？」

「……喜歡……什麼！」

「喜歡亞莉亞嗎？」

聽到這個問題，我感覺到一股血液直衝腦門。

「為啥──妳會這麼說！」

我爬了一半左右的距離，對加奈表現出露骨的敵意大叫說。

加奈的眼神些許驚訝──同時，心中似乎產生了迷惘。

「……金次從以前就很堅強。不過你在這種狀況下，居然還能露出這樣的眼神。我搞不懂。這股力量，到底是藏在金次心中的哪個角落呢……？」

加奈的語氣彷彿在自問一般。而我沒有回答她，正想再一個動作往上爬時，

颯！

一陣風，自空地島的上方吹過──

──啪滋！

我受到強風的吹攏，繩索輕易就斷了開來。
剎那間——黑暗隨即將我吞噬。

2彈　緊急任務

啪——

我在朝陽中**醒了過來**。

……

…………

花了幾秒才理解了周圍的狀況。

喂、喂……

喂喂喂……

……這一切……全都是夢嗎？

因為我坐在電腦前的椅子上睡著了。

顯示器上頭，螢幕保護程式的 Windows 字樣不停旋轉著。

我握住滑鼠，理子做的 Flash 動畫和「Replay?」的文字同時出現在眼前。

沒錯。

我……看完這個……想說去見加奈之前先小睡一下嗎……？

然後……才會夢到我遇見大哥……遇見加奈的夢嗎？

可是加奈在夢中，說「今晚要殺了亞莉亞」……！

我從腰帶上拉出在夢中被切斷的繩索一看，繩索沒有斷掉。或許被人換過了——真要這樣懷疑也是可以，不過我不曉得原本的繩索是新是舊。

（——亞莉亞。）

我一起身，急忙打開關著的寢室門。

在房內……

呼噓——！

呼噓——！

亞莉亞正在雙層床的上層打呼。

雙馬尾的一邊自床鋪垂下，睡臉向著這裡。

只見她的嘴角邊睡還邊還露出笑容，隨後將手拿到嘴邊，像在嚼口香糖一樣開始吃起了空氣桃饅。

……她的表情……幸福到會叫人虛脫無力啊。

她大概是夢到自己正在吃她最喜歡的桃饅吧。

我鬆了口氣……這才注意到自己睡到滿身是汗，全身沾滿了讓人不舒服的汗水。

……沒錯。那是一場夢。

我一邊沖澡洗掉汗垢，同時在心中對自己呢喃。

武偵法第九條。

武偵不論在任何情況下，都不得在武偵活動中殺害任何人。

加奈身為武偵，不可能會把「要殺害某人」之類的話掛在嘴邊。

加奈她……不管遇到什麼困難的事件，都會試著零死亡地去解決它。

而且，她做得到。

即便是遇到被孤立在敵陣、其他武偵們認為生還無望而放棄救助的人命，她也會前去營救。甚至連在戰略上被當成棄子的武偵，她也能夠讓他們活下來。

與加奈共同奮戰的武偵，從來沒有人陣亡過。

那樣的大哥，不可能會說要「殺掉」亞莉亞。

而且……夢中的加奈宣言：「要在今晚殺了亞莉亞。」

那個今晚是指昨晚，換句話說已經過去了。

加奈總是在會在宣言的時限內結束戰鬥，從未失手過。

而現在亞莉亞還活著。

所以那是一場夢。

一場惡夢。

——大概是吧。

亞莉亞起床後換上夏季制服——今天開始換季——後，我若無其事地開口問她昨天的事情。

「昨天晚上？偶回來後，看到尼在顛腦前的裡子上睡著啦（我回來後，看到你在電腦前的椅子上睡著啦）。」

亞莉亞用她常用的兒童草莓牙膏，刷牙的同時回答說。

咕嚕咕嚕，呸！

她漱完口，接著從冰箱拿出牛奶，放了大量的砂糖後開始喝了起來。

妳刷牙和早餐（？）的順序……顛倒過來比較好吧？

一直這樣下去，可是會蛀牙的。

我國中的時候，上下有兩顆臼齒同時蛀牙，結果被醫生塞了陶瓷嵌體之後我才知道……治療蛀牙可是超級、超級、超級痛的。

我如此心想，一邊看著每天早上習慣喝下大量牛奶的亞莉亞（不知道這是跟誰學的）。眼前是真正的亞莉亞——她還活著。昨晚的夢讓我耿耿於懷，心中因而抱持這樣的感想。

啊！喂。亞莉亞。

不准用上段踢關冰箱的門。

這裡原本是我的房間耶，雖然最近我對這一點越來越沒有信心了。

「……亞莉亞。」

「什麼？」

「我們一起去學校吧。」

我檢查過貝瑞塔的彈匣，把它收到槍套裡的同時，第一次——

主動約亞莉亞一起去上學。

「……什麼嘛。你每次跟我去上學，明明都一臉困擾的樣子。」

亞莉亞語帶諷刺，但還是輕快地拿起了自己的書包。

「妳槍有帶在身上吧？」

亞莉亞聽到我的話愣了一下，張大些許上翹的雙眼……隨後笑著露出像貓咪一樣的犬齒，從裙中拔出白銀色的 Government，轉槍示意。

「嘿！以金次你來說，警戒心還算滿高的嘛。檢查武器裝備，是一個好習慣呢。」

嘰嘰嘰……！一早就開始鳴叫的油蟬。我在蟬鳴聲中騎著腳踏車。

亞莉亞站在後輪的火箭筒上，手扶著我的肩膀，一車雙載。

現在的時間還趕得上公車，可是我也說不上為什麼，今天就是不想讓亞莉亞走平常的路線上學。我在內心的深處——還是很在意那個夢。

……話說回來，這傢伙的體重還真輕啊。雖然我早就知道了。

「偶爾騎腳踏車去上學還挺舒服的呢。」

「不是妳在騎就是了。」

「待在武偵高中很容易讓人忘記一點，其實武偵要防備敵人的奇襲，理論上不能一直走同樣的路。而且，這跟公車比起來也比較健康。」

「對騎車的我來說是啦。」

「開洞。」

才發個兩句牢騷，就被她用省略式的話語威脅。

請問日本沒有言論自由了嗎？

……附帶一提，這台腳踏車是亞莉亞的東西。

前陣子，亞莉亞跟我炫耀說她買了越野腳踏車。所以，今天早上我提議說要不要騎車去上學時，她立刻就露出「你總算上鉤了」的表情欣然同意了。

我們去腳踏車停車場牽車時……那台車的後輪兩旁已經裝了雙載用的火箭筒，只差再把椅墊往上調一大節而已。

她買這台車就是打算叫我騎吧。

「不過……今天的金次好奇怪，意外地像一個武偵呢。你終於想配合我的步調了嗎？為什麼？有什麼原因嗎？」

直覺敏銳的亞莉亞，在後頭問道。

……該怎麼回答她呢。

因為我夢到有人要殺妳——這樣說……也有點怪。

「那是因為……那個。我和妳是伙伴吧？我只是做了理所當然的事情而已。」

我半轉頭隨口回答完，亞莉亞眨動紅紫色的眼眸——

「是、是啊……也對。」

露出了一個不輸給初夏太陽的燦爛笑容。

她似乎喜上心頭，沒由來地在火箭筒上亂跳，弄得避震器軋軋作響。啊——該死。不要跳啦，這樣很難騎耶。

這傢伙看到我做出了一個伙伴該有的表現，心裡似乎很高興的樣子呢。

我把亞莉亞的腳踏車，停到一般校區的腳踏車停車場後，看到學生們聚集在教務科的聯絡公佈欄前。

在那當中，有一個似曾相識的背影，讓我停下了腳步。

是貞德。貞德・達魯克三十世。

仔細一看，她手上撐著一把稍寬的枴杖。

「貞德。」

亞莉亞追尋我的視線，叫了她的名字。

貞德回過頭，任由頭髮隨風飄動，看到我後招手示意我過去。

亞莉亞早一步往貞德的方向不客氣地走了過去，因此我也跟了過去。

「我知道妳目前**寄宿**在武偵高中的籬下。制服還滿適合妳的嘛。」

亞莉亞突然用讓人感受不到身高差距的臭屁態度，挖苦貞德說。

貞德哼了一聲，把頭轉向一旁。

「我是要找遠山。神崎・H・亞莉亞，這裡沒妳的事。」

「我有。媽媽的審判，妳也會如期出庭吧？」

「……我知道。因為那也是司法交易的條件之一。」

亞莉亞的母親——神崎香苗女士被名為伊・幽的組織陷害入獄，目前人正在東京拘留所，等候最高法院的判決。

她在一、二審的量刑實際上已經等同於無期徒刑，不過只要能夠一一證明她的清白，其獲判無罪的機會也會增加。

亞莉亞聽到貞德願意出庭證明母親的清白，露出了得意的微笑，

「哎呀，妳好像受傷了，我下次再找機會欺負妳吧。」

一臉驕傲地，挺起了平胸說。

「……妳要現在動手，我也不介意。」

貞德似乎對亞莉亞的態度感到不耐煩，一副準備要動手打架的樣子。

「不介意？妳還撐著枴杖不是嗎？」

「一隻腳剛好算是我讓妳。還有這把枴杖裡頭，藏有聖劍杜蘭朵。劍被星伽白雪砍斷後，我把它的長度縮短，改造成寬刃穿甲劍了。」

自尊心甚高的兩人……視線開始「啪嘰啪嘰」地冒出火花。

「好了妳們兩個，不要一大早就吵架。對了貞德……妳的腳怎麼啦？」

我於是岔開話題，開口問貞德說。

話說杜蘭朵……現在變成枴杖刀了嗎？

這樣對待聖劍，會不會很過分啊？不過這跟我沒關係就是了。

「……是蟲吧。」

「蟲？」

「我走在馬路上，結果一隻很像金龜子的蟲貼在我的膝蓋上。」

「……是喔。」

「我嚇了一跳。因為這個緣故，腳掉進了路旁的水溝裡。」

「……」

「然後剛好被一輛路過的公車輾過。」
「…喂……」
「要兩個禮拜才能痊癒。」
貞德妳……還滿天兵的嘛。真是人不可貌相。
可是被公車輾過只要兩週就能痊癒，這點該說真不虧是貞德啊……
「……對了，遠山。你的名字在上面喔。」
我望向貞德手指的公佈欄。
那裡有一張公告，釘住它的東西是藍波刀，而不是圖釘（拜託誰去把它弄正常點）。紙上寫著：「上學期・學分不足者一覽表」，名單上頭確實有我的名字。
『二年A班　遠山金次　專業科目（偵探科）不足學分一・九』
不足學分——一・九！
這個數字讓我整個臉僵了下來。
武偵高中在日本好歹也算是一所高中……所以在校生必須按照文科省的學習指導要領，取得學分才能進級。（註1）

1　文科省：文部科學省的簡稱，相當於台灣的教育部。

因此，要是我在二年級的第一學期——更正確來說是在第二學期的開學前，要是拿不到兩學分的話，我就注定留級了。

我們所屬的專業科目會接受民間的任務，而學生們可以靠完成任務來得到學分……不過……現在回頭想想，我幾乎沒有做過偵探科的任務。主要是因為，我先前一直被亞莉亞牽著鼻子走。

完了。

我又遠離平凡的高中生世界一步了。

武偵高中啊。我有解決過劫機之類的其他事件，你們就放我一馬吧。實在是。

「看來你好像是個問題兒童呢，遠山。不過你放心。」

貞德示意一旁的公佈欄……上頭貼著一張寫著「暑假期間・緊急任務」的公告。

對了，還有這個。

緊急任務。

學分不夠在武偵高中是屢見不鮮的事情，所以學校會以優惠價格，大量承接必須在休假期間解決的任務。用普通高中的說法，就像寒暑修一樣。

這些緊急任務報酬相對的低廉——但是可以填補學分的不足。

「金次你要留級了嗎？你是白癡嗎？」

「吵死了！現在我在看這個，就是為了不讓自己留級！」

我推開從一旁探頭靠近的亞莉亞，尋找能夠拿到一．九學分的工作。

『港區　調查大規模沙金失竊事件（偵探科、鑑識科）』……一．七學分。差一點。

『港區　調查工業用鐵沙失竊事件（偵探科、鑑識科）』……〇．九學分。不行。

『港區　調查沙礫失竊事件（偵探科、鑑識科）』……〇．五學分。不像話。

還有，為啥港區失竊的都是沙類的東西啊。

『港區　賭場「台場金字塔」便衣警衛（強襲科、偵探科、其他學科面洽）』

……一．九學分。

「就是這個……！」

我整個人貼在公佈欄前，確認詳細事項。

必須攜帶槍枝或刀械。所需學生數4名。女性佳。另提供服裝——

某些部分讓我有點在意，不過能拿一．九學分的工作僅此一樣。

賭場是日本近年來合法化的公營賭博之一，場內多會雇用武偵來顧場子。話雖如此，實際上賭場內幾乎不會有麻煩發生，因此這種工作在武偵業界被認為是「會讓手腳生疏的工作」，而被人瞧不起。換句話說，這對我來說剛剛好。

我火速確認日程，打算用手機寄出報名郵件時……

我的手停了下來。

亞莉亞在我的斜下方，抬頭看著我發愣。

要是我接下這個工作，那段期間亞莉亞旁邊就不會有人。

——『一起去殺亞莉亞吧』——

加奈在夢境中說的話，似乎從某處傳了過來。

「亞莉亞。」

太蠢了。那不過是一個惡夢，我居然會感到害怕。

所以……

所以，下不為例吧。

「妳也一起來做這個工作吧。」

下不為例，不要再因為那個夢而擔心亞莉亞會出事吧。

我在心中畫下最後的底線，轉身面向亞莉亞。

「……為什麼？我的學分很夠啊。」

亞莉亞鼓起腮幫子說完，

「我們是伙伴吧？」

我再次用這句話回答了她。

聽到這句話，亞莉亞瞪大紅紫色的眼眸，剎那間露出驚訝的表情。

接著，她裝模作樣地雙手抱胸轉向一旁，做出在斟酌的樣子。

「嗯——金次居然會找我去工作呢。嗯，算是個好傾向吧。」

不過，她的側臉卻露出了笑容。我第一次主動找她工作，讓她掩飾不住心中的歡喜。

「上面說最少需要四個人嘛……也對。伙伴要同甘共苦。要我幫你也沒問題。」

這天第二節課，綴老師不知是因為宿醉還是吸毒後的不適症狀而停課，第三節是體育課——要到游泳池游泳。

然而這堂課也上得很隨便，強襲科同時兼任體育老師的蘭豹，丟下一句：「你們拿著手槍打水球，給我打到出了兩、三條人命為止！」之後便離開了。

因為這個緣故，學生們也幾乎全都蹺課了。

這所學校真的沒問題嗎。

我……昨晚因為在椅子上睡著的緣故，身體有點倦怠，所以躺在游泳池旁的躺椅上玩弄著手機。

這樣躺著，能夠消除疲勞呢。這裡是室內游泳池，不用怕會有陽光。

游泳課是男女分開，這點就算在這所不正常的高中也不例外。所以亞莉亞現在不在這裡，她……有好好在學游泳嗎。

我記得她好像不會游泳的樣子。

當我腦中幻想亞莉亞用了游泳圈、手腕上還套了迷你游泳圈，卻依舊在水中載浮載沉的模樣時……

「喔——！幾乎沒人耶！喂——不知火，快離開游泳池啦！不要礙事！」

車輛科武藤剛氣的聲音，自一旁傳了過來。

我稍微起身一看，有好幾位同學像在抱原木一樣，正把一個黑色物體搬進游泳池內。那些人……是車輛科和裝備科的。

大家都穿著競技泳褲——嗚，還有穿著泳衣的女生。真是討厭啊。

「武藤兄！馬上讓它浮在水上！我們沒時間了！」

……原來，那個女生是裝備科的平賀文同學啊。聽到那具有特徵的說話方式，我馬上就明白了。

我稍微鬆了口氣。是她的話，我就不用擔心會爆發了。因為她的個性天真無邪，甚至能夠很自然地混入全是男生的團體中，與其說是女生，不如說感覺比較像「小孩子」吧。

話說，她也很天真無邪地蹺課了嗎。

「馬上？平賀，引擎不用熱一下嗎？」

「那邊我改造過了！Nothing is impossible！」

平賀同學晃動著束在兩耳旁的短髮，半跪坐在游泳池旁，手上拿著一個大型操縱器，臉上掛著天真無邪的笑容。

（他們在幹嘛……？）

男生們不顧我疑問的視線，合力把一個約有一公尺半長，形狀像抹香鯨的物體運入水中。

撲通！

物體的上半部浮在水面上，發出呼嚕嚕的聲音開始運轉……這時我終於才知道那是一艘潛水艇的模型。

看來那是無線遙控模型。也就是說，平賀同學手上拿的是遙控器囉。

「立刻發射！」

平賀同學說話的同時，潛水艇的背上，許多小升降口「啪啪啪」地開啟。

接著，咻咻咻地射出了沖天炮。

「喔喔！」

車輛科和裝備科的人們，對著武藤和平賀同學拍手喝采。

話說那些沖天炮一直撞在天花板上，這樣沒關係嗎？

平賀同學是……江戶時代的發明家：平賀源內的子孫，是一個製作機器的天才。

替我的貝瑞塔，**天真無邪地做了非法改造**的人也是她……平賀同學在工作上能夠接受不合理的要求，但有時候還滿隨便的。可是收費卻不便宜。

貝瑞塔・金次模式也是一樣。連射只有在全自動下才能用，所以還不打緊；不過要是在使用中把它調成三連發，它也只會射出兩發子彈。而且幾乎是同時發射。

我一拿到東西就有這種瑕疵，可以請妳免費幫我修理嗎。

「喔，金次！你看這個！超鯊魚級核子潛艇『東方號』！」

武藤看到我後——笑容滿面地從游泳池爬了上來。

「『東方號』這艘核子潛艇是一個悲劇。它原本是一艘空前絕後的巨大潛艇，可是在一九七九年完工下水後，馬上就遇難失蹤。現在，我和平賀讓它在現代復活了！怎麼樣，金次！很感動吧？對吧對吧？」

「你們好歹也在戶外游泳池玩吧。」

面對武藤熱血沸騰的講解，休息時間被打擾的我冷淡以對。

況且要是讓這個交通工具宅男繼續說下去，我可就傷腦筋了。

「金次你不夠感動！待會我要用核子潛艇輾死你！」武藤吐出這句脫離現實的話語後，在游泳池旁盤腿坐下，回頭繼續欣賞核子潛艇東方號的身影。

「啊哈。我被趕出游泳池了。」

接著來到我身旁的人——是過去在強襲科和我一起組過隊的不知火亮。

兼具緊實身材和偶像臉蛋的不知火，坐到我身旁對著載浮載沉的遙控潛艇露出苦笑。

平賀

你就連苦笑也都很帥啊。

他剛才游得很認真，卻因為武藤那群傻蛋而被迫中斷，可是他卻沒有生氣。

人品優良的不知火，沉默了片刻後，

「我們可以聊聊嗎?遠山。」

露出了皓齒對我微笑說。

「這種事情不用經過我的允許啦。」

「這個話題不是很好，這樣你還要聽嗎？」

「話題不是很好……?什麼東西啊。你想說就說吧。」

「剛才第二節課。不是停課嗎？」

「對。」

「那堂課我去了強襲科一趟。結果神崎同學也來了。」

「——亞莉亞怎麼了嗎？」

「哈哈!你不用露出那麼可怕的眼神啦。不是那種事情。」

不知火似乎誤會了什麼，莞爾一笑。

「……神崎同學她，有男朋友嗎？」

「我哪知道，你直接問她吧。」

「遠山。你搞不好有情敵喔？」

「什麼鬼啊。」

「神崎同學在武偵手冊上寫東西的時候，我剛好看到了……她的手冊裡頭放了一張男生的照片。我沒看得很仔細，不過那不是你的照片。」

「……那種事情和我沒關係吧。」

「哈哈！剛才你是不是沉默了一下。」

「因為這種無聊的事情你還一一向我報告，我覺得很傻眼才會沉默的。」

「你小心一點比較好，遠山。神崎同學在一部分的男生當中，算是很受歡迎的。你要是不小心的話，她會被人搶走的。有一個通俗的講法說，夏天這個季節——會讓男女之間的關係大有進展喔？」

「誰鳥它啊。我解釋過很多次了，我和亞莉亞只不過是武偵的伙伴而已。所以她的私事跟我無關。」

「遠山，你現在的表情很勉強自己喔。」

「我——說——你——啊——」

當我逼近不知火時——他用在強襲科訓練出來的敏捷動作躲了開來，快速搶走我放在躺椅上的手機。

「——喂！」

「對了，神崎同學好像有說過，你們暑假要去當賭場的警衛對吧？乾脆你們去參加緋川神社的夏日祭典怎麼樣？就當作是訓練自己如何在人潮眾多的地方當警衛吧。嗯，就這麼辦！因為那邊也是很熱門的結緣神社。對吧，武藤？」

不知火把我的手機丟給坐在池畔的武藤。

「喔！這個主意不錯！我幫你寫郵件約她吧！」

這、這兩個傢伙。

這種聯手的方式。

你們事前就商量好了吧。

「喂！武藤！還給我！」

我真的生氣了，然而不知火卻從身後架住了我。

「唉呀，我在一邊看著你對神崎同學的舉止，真的覺得很焦急呢！男生的照片——換句話說你好像有情敵的樣子，所以我們就在身後推你一把吧！這是剛才武藤和我商量好的。啊，還有我下午要外出工作。要抱怨的話請找武藤吧。」

「咦？你是用『亞莉亞』這個名字登錄她的郵件……不是用神崎啊。你好下流喔，金次。」

最近我因為亞莉亞的緣故——讓愛惡作劇的武藤，和對任何事情配合度都很高的不知火，太常窩在一起了。

武藤嗶嗶嗶地，快速打入八成是事先想好的文章。

「『給親愛的亞莉亞。要不要和我去參加七夕祭典，順便練習怎麼當賭場的警衛啊？就我們兩個人。七號七點，在上野車站的大熊貓面前碰頭。妳要穿可愛的浴衣過來喔。』這個內容可以嗎？遠山老師。」

「可以你個頭啦！」

武藤對大叫的我回了一個敬禮後，嗶！

按下了寄出鈕。

在那之後，火冒三丈的我把他們兩人丟進了游泳池裡——特別是武藤，我還用力把他砸在那艘悲劇的核子潛艇——東方號上，讓他跟著斷成兩截的潛艇一起沉入游泳池中……

然而那封寄出的郵件，並不會因此從寄件匣中消失。

——這下我該怎麼辦啊！

（不幸……太不幸了……）

隨後，我的身旁圍繞著一股黑暗的氣息，來到偵探科大樓的三樓上課。

現在是第五節課，專業科目的時間。

上一節是英文課，不過因為亞莉亞快遲到前才進教室，所以我沒時間向她解釋郵件的事情。

話說，那時候當亞莉亞用漂亮的發音，朗讀完教科書要坐下時……瞬間和我對上眼……可是她卻避開了視線，神情甚至有點慌張。

她看了嗎。

武藤寫的那封蠢簡訊。

我在桌下偷偷按手機，確認了寄件匣。

『給**親愛**的亞莉亞。要不要和我去參加七夕祭典，順便練習怎麼當賭場的警衛啊？**就我們兩個人**。七號七點，在上野車站的大熊貓面前碰頭。妳要穿**可愛的浴衣**過來喔。』

扯……

不管怎麼想這都太扯了。

郵件裡頭到處塞滿了可能造成致命誤會的句子。

死武藤。唯獨這種時候才會變成大文豪。從負面的意思來看。

畜生。這陣子我會把你和不知火都當成空氣的。

「……」

嗶！

不安的我，下意識地按了收件匣。

亞莉亞沒回信給我。

我在幹什麼啊。

「喵……」

這時，一旁突然傳來類似小貓的聲音，我轉頭一看——現在是上課時間，峰理子卻在一旁靠窗的位子上呼呼大睡。

剛才似乎是她的夢話。

先不管亞莉亞……來想一下理子的事情逃避現實吧。

上個月和弗拉德一戰之後，現在的理子——言行雖然還是維持著以往的傻勁，但已經不會過度地跑來黏我了。

現在她是用普通女生的距離在對待我。

春天時拿槍指著我的理子。打鬥時露出野獸目光的理子。有時露出性感的一面逼近我的理子。還有——像現在這樣，只是一個笨蛋同學的理子。

理子到底有幾張面孔呢。

唉呀，如此不安定的理子，才是真正的理子吧。

這樣想想，最近我也能稀鬆平常地和她說話了……

而且還有一件事情，我必須跟她聊聊。

在教室裡我沒辦法問，是有關於我大哥的事情。

我必須再問她一下才行。

當我如此心想時……

嘰嘰嘰……

那是夏天的代表，金龜子……嗎？

不，有一隻黑色的母獨角仙之類的東西，從窗戶飛了進來……

喔……喔？

停在睡夢中的理子的右眼瞼上。

「喵呀！」

理子發出有如貓被踩到尾巴的叫聲趕跑了蟲子後，彎起手開始清理臉部。

而蟲子則飛出了窗外。

「……喂，理子。妳要好好上課啊。」

我小聲叮嚀身旁的她。

理子睡眼惺忪，一口叼住似乎是剛才買來的養樂多，

「呼啊呼啊——嗚！」

「幹嘛啊？啊，喂。不要用牙齒開養樂多。規矩一點用掀的。」

理子將養樂多上舉，一口喝完後又趴回桌子上，

「好熱——喔。」

這次她抓起桌下的裙子，開始不停搧動。

我沒叫妳掀那邊吧。

「夏天當然會熱。妳跟我說，我也沒辦法。」

「好——熱——喔！」

啪搭啪搭！

她用力搧動裙子，華爾瑟P99盛大地**露了底槍**。

「安、安靜一點。現在還在上課吧。還有，妳會熱都是因為那個什麼哥德的改造制服害的，別穿就不會熱了。」

「蘿莉塔要忍耐！是也！」

理子說完用雙手敬禮（妳打算把這句話當成格言嗎？）接著站了起來。

「妳要去哪？」

「……噓噓。」

一喝完馬上就去上廁所嗎，一進一出的妳還真忙啊。

還有不要用那種幼兒語。會讓我聽得很不耐煩。

理子拿著手機——上頭掛著一個很大的熊熊吊飾——哼著《**睡美人**》的主題曲，光明正大地走出了教室。而我目不轉睛地看著她離開時——

我注意到偵探科老師：高天原佑彩（22歲單身，♀）正淚眼汪汪地看著這裡，因此我爽快且規矩地把視線移回了教科書上。這位老師的個性懦弱到會讓你搞不清楚，她到底是怎麼當上武偵高中的教師。

老師。我可是很規矩地在讀書喔。

所以請妳不要再當我了。

理子剛才搧動裙子的緣故，週圍充滿了她香草般的體香另我分心，但我還是努力將注意力集中在課堂上。

今天上課的主題，是夏洛克・福爾摩斯。

我們正在學習亞莉亞的曾祖父，榮光滿溢的功績。

他是在十九世紀末活躍於大英帝國的人物，行跡遍步世界各地，解決的困難和奇怪的事件不計其數。此一大人物，稱呼他為史上最厲害的名偵探可說是名符其實。

他不只是**厲害**，還是史上最**強**的名偵探。這點眾所皆知。

這是因為夏洛克・福爾摩斯精通格鬥技、西洋劍和手槍，也是成為我們武偵原型的一個偉大存在。

他領先了時代一百年，稱呼他為天才簡直是實至名歸。

（不過他的子孫是亞莉亞就是了。）

到頭來我還是想到亞莉亞，下意識瞄了一下手機時，

「——**金次**。」

理子無聲無息地回到了我的身旁。

她臉上的表情，不是剛才那副呆樣。

這不禁讓我背脊發寒。

這個眼神——這個像野獸一樣的銳利目光。

是我在劫機事件時看到的，理子身為「武偵殺手」時的眼神。

理子確認老師正背對這裡在白板上畫圖後，幾乎和我眉頭皺起的時間一致，伸手咯一聲！

一把抓住了我的領帶，用手指掐住我的喉嚨讓我無法出聲。

「——！」

接著她更進一步抓住我的腰帶，整個過程一聲不響——

把我從已經打開的窗戶丟了出去！

「！」

吱！我的皮帶減緩了掉落的速度。理子似乎在眨眼間，把皮帶掛到了窗邊。

——什麼！發生了什麼事？

我先從三樓的教室降落在地，身旁咚一聲，

理子讓裙子飛舞，不用繩索直接跳了下來——

隨即對我耳語了一件不得了的事情。

「馬上到強襲科，金次！剛才武偵高中的裏版有人留言——**亞莉亞和加奈正在戰**

鬥！」

理子不知為何說要兵分兩路，因此我獨自一人跑進了強襲科大樓。

加奈，

加奈和亞莉亞——正　在　戰　鬥！

這就表示那個惡夢不是夢，而是——

現實嗎！

『一起去殺亞莉亞吧。』

這句話閃過了我的腦海。

（亞莉亞！）

我像是用撞的一樣把門打開，撞到了幾個學生跑過走廊，雙腳打結彷彿快跌倒一樣跑進了第一體育館。

強襲科的體育館，體育館這三個字只是美其名……事實上是戰鬥訓練場。

有許多的學生，聚集在一個類似溜冰場的橢圓形空間前。這個空間有一個外號，叫作競技場。

防彈玻璃的對面，競技場的中心……傳來了槍聲。

有人在戰鬥！

「閃、閃開！給我閃開！」

我撥開人牆，往槍聲的方向跑去。

「札幌武偵高中居然有那麼厲害的女學生——我從來沒聽說！」「神崎的不敗傳說，今天真的要畫下句點了。」「她是怎麼用的，那個槍擊我完全看不見……！」

我推開的強襲科學生們，帶著興奮的語氣接連說道。

「上啊上啊！給我殺到出人命為止！」

我聽到這陣大喊抬起頭一看，發現強襲科的老師蘭豹就站在防彈玻璃的屏風上。體型高大的她，身後背著好幾把兩公尺長的長刀。

蘭豹的直筒褲下延伸出來長腳，正「鏗鏗鏗」地踢著屏風。

今年十九歲的她和我們同一世代，但她在香港可是一個令人畏懼的無敵武偵，一個女中豪傑。

之後，她轉任教職……但由於她太過殘暴，接連被各地的武偵高中開除，而不停更換學校。

「——亞莉亞！」

我大喊的同時衝到防彈玻璃的屏風旁，在灑有沙子的競技場中——

——我發現了加奈的身影！

加奈穿著武偵高中的女生制服，正在俯視已經單膝跪地的亞莉亞。

「來，神崎・H・亞莉亞。再讓我——多見識一下妳的實力。」

加奈令人目眩的美麗容貌上，浮現出憂鬱的神色，旋即……磅！

放出了那個不可視子彈。

啪！亞莉亞身上發出有如被鞭擊的聲音，讓我的心臟差點停止。

加奈的子彈打中她了。

「嗚！」

亞莉亞短聲悲鳴，彷彿被一隻看不見的腿給掃倒一樣，整個人向前傾倒。

沒有濺血。子彈似乎打在防彈制服上。

武偵高中的防彈制服是用ＴＮＫ纖維製成，不會被子彈貫穿。然而，衝擊所造成的傷害並不會因此而抵消。

照我的經驗，制服要是中彈，必會受到一陣有如被金屬球棒打中的衝擊。

倘若中彈的地方太差，有可能會內臟破裂致死。

當然，如果被擊中頭部的話——

「蘭豹，快阻止她們！這樣不管怎麼想都是犯法的吧！又會再鬧出人命！」

以決鬥形式進行的模擬戰是用真槍實彈，為強襲科的教育課程之一。

不過在實施此一課程時，規定上必須穿著能夠完全防護身體的C裝備。

而在現實當中，因為學生之間的私鬥和這位蘭豹的命令下，參加者會罕見地著制服進行模擬戰——這很明顯違反了武偵法。

「噢！死吧死吧！就在這群觀眾的面前，為了教育壯烈而死吧！」

蘭豹說出了為人師表不應該說出的起鬨言語，咕嚕！

晃動長而大把的馬尾髮，拿起手上的瓢簞大口喝酒。

（這個白癡……！居然喝醉了！）

我放棄要蘭豹阻止她們，自己用IC卡打開了防彈玻璃門。

周圍有幾個人發出了驚訝聲，但我沒空回頭，直接衝入了充滿火藥味的競技場，一股腦地朝亞莉亞和加奈跑去。

「加奈，住手！」

「喂，死遠山！不要妨礙我上課！你想要腦漿四溢嗎！」

磅隆！

蘭豹朝我的腳邊開槍，槍響如同落雷。

那把槍是世界上威力最強的大型左輪手槍，外號「大象殺手」的M500。

宛如地雷般的命中衝擊，讓我一個踉蹌——但我還是朝著加奈奔跑而去！

「……金次？」

加奈看我這裡的瞬間——倒地的亞莉亞趁隙，啪啪兩聲！

她倒立跳起，雙腳朝著加奈的下顎踢去。

加奈幾乎沒有移動就躲過了這擊。

「——可惡！」

亞莉亞雙腳還未著地就拔出雙槍，企圖從零距離射擊加奈——

但加奈一個轉頭，輕推她左右的手腕，讓槍口偏開。

「——！」

亞莉亞的手指無法停下，扣下板機後滑套鬆了開來。

兩把槍都沒子彈了。

——但是剛才的交錯，讓亞莉亞得以繞到加奈的身後。

於是她放開雙槍，任其在空中舞動——

瞬間拔出了雙刀，有如兩道流星一般朝加奈的身後斬下！

「——呀！」

一個由背後攻擊加奈、起死回生的左右夾擊。

至今佔下風的亞莉亞使出的逆轉招式，讓學生們發出了「喔喔！」的驚呼聲。

……沒用的，亞莉亞。加奈是沒有死角的……！

鏗鏗！

骨碌骨碌……

鏗噹！鏗噹！

亞莉亞的短日本刀……無力地轉落在競技場的左右兩旁。

沒有人看見加奈的攻擊。

加奈所做的，僅是晃動長長的麻花辮，轉頭一望罷了。

——蠍尾。

那是這一招的名稱，同樣是**某種看不見的東西**。

繞到加奈身後的敵人，會遭受蠍尾的攻擊。

「呼……呼！」

亞莉亞呼吸急促——蹣跚地後了幾步。

她的步伐明顯不對勁。

嘴角還流出了一道血線。

看來加奈剛才的動作，同時用看不見的打擊，毆打了亞莉亞的下顎。

「呼……呼……剛……剛才的槍擊……是『Peacemaker』對吧……！」

即使如此，亞莉亞的雙眼仍舊如同小獅子般，尚未失去鬥爭心。

「——妳還真清楚呢。沒錯……我的手槍是柯爾特ＳＡＡ——通稱和平製造者（peacemaker）。可是，妳應該看不到槍才對啊。」

「我就是……能夠知道。靠槍聲和槍口焰……那把老槍就跟骨董品一樣，呼！呼……要想起來有點困難就是了——」

「那我就讓妳多看一點吧。」

磅！

加奈的右前方一閃，亞莉亞的雙馬尾猛然一晃，整個人朝正後方翻倒。

「嗚啊！」

亞莉亞似乎被擊中胸口，雙手有如力量用盡似地癱在地上。

住手！已經是極限了！

有防彈制服也沒用，會死人的！

「快逃，亞莉亞！」

亞莉亞咬緊牙關打算起身，而加奈正打算射出子彈追擊的瞬間——我將貝瑞塔對準加奈，衝入兩人之間。

磅！磅！

加奈的子彈幾乎同時射出，掠過了我的側腹，打在亞莉亞身旁的地面上。

（——嗚！）

我彷彿被兩根金屬球棒同時擊中，衝擊讓我弓起身體。

劇痛讓我的意識遠離，我甚至覺得五臟六腑快從口腔跑出來。

但是，我的槍口不會挪開——！

不會從加奈身上挪開！

「讓、讓開……金次……！」

我聽到後方傳來聲音，慌忙轉過頭。

亞莉亞在我身後，正抓著我的褲子緩緩起身。

她用顫抖的雙膝站立，連頭也抬不起來，然而——

喀！

她還是舉起了蝴蝶刀。刀子似乎是從我的口袋中抽出來的。

「讓開，金次。」

加奈和亞莉亞一樣，用相同的話命令道。

「像你這種外行人的不規則動作，很容易出事情的。這樣很危險。」

「這種事情不用妳說我也知道……！」

「那又是為什麼？為何要讓自己暴露在危險當中？你該不會想和我交手吧？未完成的你想要贏過我，是絕對不——」

「**那種事情我知道！**」

我放聲大吼。

「金次……」

加奈稍微瞪大了雙眼。

那是驚訝的表情——在那個似乎是惡夢的空地島上，她也露出過相同的表情。

「……你，變了呢。」

加奈的聲音帶有些許的寂寞——不只是寂寞，她似乎理解到了什麼，看了我和亞莉亞一眼後，轉頭看向訓練場的入口。

我追尋她的視線，在那裡……

「喂、喂！你們在做什麼！」

一位身材嬌小的女警，撥開了學生們走進強襲科。她大概是從灣岸署趕來的吧。

這場戰鬥似乎有人看不下去，跑去報警了。

「我要逮捕你們！我要強制拘提在場的所有人員！」

嗶！女警吹響哨子。學生們一臉慌張，你看我，我看你。

「你們也馬上解散！」

嬌小的女警銳聲大叫，同時朝我們的方向快步跑來。

加奈一臉倦容地看著那名女警——

……

………

把手放到嘴邊……

「……嗯……」

毫無緊張感地突然打了一個哈欠。

嗯啊——！

……她的鬥氣消失了……？

原……原來。「**那個時期**」快到了吧。大哥。

另一方面，防彈玻璃的屏風處，

「呿！」

蘭豹一臉不爽地跳了下來，轉頭看向一旁的學生們。

她釋放出強烈的殺氣，彷彿在說「你們給我消失」！學生們隨即鳥獸散。因為喝醉酒的蘭豹，不知道會做出什麼事情來。

蘭豹大步朝這裡走來，彎腰瞪向嬌小的女警。

明明是女性的她，身材卻比我還高大。

「呿！演這種爛戲潑老娘冷水。等一下妳給我來教務科——**峰理子**。」

峰？……理子？

我皺起眉頭。

「……嗯呵。嗯呵呵呵。」

女警的臉頰抽動，笑了出來。

用理子的聲音。

這名女警……是理子變裝的嗎！

我驚訝地瞪大雙眼。

一旁的加奈轉身，臨走前又打了一個哈欠，離開了競技場，

我的緊張感消除，按住剛才被擊中的側腹，雙腳一軟單膝跪地。

轉頭一看，亞莉亞她——站著昏倒了。

這也難怪。

她被打得落花流水，剛才沒昏倒已經很不可思議了……

接著，亞莉亞的膝蓋終於癱軟——

瞬間面朝地板，倒了下來。

「亞莉亞……！」

看到我慌忙抱起亞莉亞，蘭豹的嘴巴扭成了「ㄟ」字型。

「慌什麼，白癡。」

「什麼慌不慌……她差點就被人殺了！」

「你離開強襲科後真的變成廢柴了，遠山。那個婆娘因為峰理子的猴戲而失去興致——在那之前，她根本就沒有半點殺氣。」

什麼……？

加奈沒有殺氣？

這表示她打從一開始……就沒有打算要殺亞莉亞嗎？

蘭豹擁有能夠和動物匹敵的直覺，是一個能夠預測武偵和罪犯行動的知名武偵。

我在強襲科的時候，也曾多次為此感到驚訝——蘭豹的敏銳直覺，即便是在爛醉如泥的情況下，也值得信賴。

「那個女人的技巧對小鬼們來說是個不錯的教材。我讓大家以為她們真的在廝殺，只是想要大家看仔細一點罷了。要是她真的有殺氣的話——我早就宰了她了。」

蘭豹人如其名，目光如同豹眼一般露出了冷笑。

我背著亞莉亞到救護科之前，恢復力良好的她很快就醒了過來。

然而，她卻沒跟我說半句話。

在抵達無人的小救護室前，我們和好幾位強襲科的學生擦身而過……但亞莉亞在強襲科似乎沒有熟識的朋友，沒有人願意把肩膀借給她。或許是因為亞莉亞在大家面前被打得七零八落，所以他們也不太好意思出聲叫我們。

救護科和衛生科的人目前在武偵病院實習，不在校內。理子穿著女警的樣子消失了。所以我決定自行對亞莉亞進行急救，先讓她坐在長椅上……然後從藥架上拿出冷卻噴霧。

「……為什麼要阻止我們？」

聽到這顫抖的說話聲，我回過頭來。體無完膚的亞莉亞低伏著臉，曲腿坐在長椅上。

「什麼阻止不阻止，妳們已經分出勝負了吧？」

「不對！」

亞莉亞用歇斯底里的娃娃聲大叫。

可是卻沒有抬起頭來。

她的額頭依舊緊貼在小小的膝蓋上，有如在否定事實一樣。

「你不出來礙事的話，我還有很多方法可以贏她的！」

「妳不要自己騙自己。大哥……加奈和妳的實力差距，不管是誰都一目瞭然。」

「——就算我們的實力有差距！我還是要贏過她才行！」

倔強的亞莉亞抖動著雙馬尾，對著自己的膝蓋大叫。

「她是加奈！理子之前去紅鳴館的時候變裝的那個女人，是你……以前的朋友……那個時候你只是看了一眼就亂了分寸！那傢伙今天突然出現在強襲科，說要跟我決鬥。我不能逃，也不能輸給她！結果你——」

「亞莉亞，你要知道，這個世界上比妳還要強的武偵多得是。」

「不行！那樣不行！我，我必須要變得更強！媽媽就算發回更審……現在人還是受到拘留！一審的無期徒刑也還沒有平反！我，我要是不變強的話……就……沒辦法……救媽媽……！」

嗚、嗚……！

亞莉亞終於落淚了。

「對，妳很強。真的很強。這點我非常清楚。」

我將手……輕放到了亞莉亞的肩膀上。

「所以——妳也要有承認失敗的堅強。要是妳再和她交手，下次可是會沒命的。」

「……」

「不要再跟加奈交手了。」

「………」

「妳知道了嗎？」

「…………」

在我的曉諭下，亞莉亞……

不再說話。

沉默不語。

這傢伙有個習慣。

每次遇到苗頭不利於自己的時候，就會默不作聲。

「別那樣鼓著腮幫子。很像河豚耶。」

我說完，亞莉亞低伏著臉，冷不防朝我的胸口揍了過來。

但她因為受傷的緣故，拳頭沒有什麼力道。

「喂……！」

咚咚！咚咚咚咚！

亞莉亞坐著不停揮舞雙手，拳頭在我的身體上隨處亂打。

「喂，幹嘛遷怒在我身上啊。」

「吵死了、吵死了、吵死了！你快滾！」

我退離她短小手臂的射程，而已經變成任性小孩的亞莉亞——

咻！鏗啷！

拿著冷卻噴霧砸了過來，命中了我的腦袋。

我被亞莉亞趕走後，沒辦法只好回到自己的住所。

今天的課已經上完了。我很擔心加奈可能會追擊過來，畢竟我自己也中了彈目前無法戰鬥……不過，加奈的「那個時期」似乎快到了。她八成不會立刻追擊上來吧。

我如此評估，穿過自家的大門後——

「——！」

整個人在客廳猛滑了一跤。

後腦直接咚一聲撞在牆上。

所謂嚇到閃到腰，就是指這個情況吧。

因為在火紅色燃燒的夕陽前方……

加奈正在沙發上午睡！

（……加……加奈……！）

我以為是幻覺眨了一下眼，但眼前真的是加奈本人。放在牆邊架上的鏡子，也照出了她的身影。

加奈有一個習性，一旦入睡就會睡上一段時間。那段時間長到令人難以相信。

最長曾經達到兩個禮拜。

這是因為爆發模式會替神經系統，特別是腦髓帶來過大的負擔。

就連只能維持幾十分鐘的我，解除之後都常會感到疲憊。而大哥化身成加奈的期間一直維持爆發模式下……對神經造成的疲勞，事後必須藉由超長時間的睡眠來統一進行恢復。

加奈從現在開始會先進入睡睡起起的**朦朧狀態**，每次只睡幾十分鐘——不出半天，她就會進入為期十天左右的「睡眠期」吧。

剛才加奈打的大哈欠會讓我的警戒心消除，是因為我知道這件事情的關係。

我還想說她會在哪裡睡覺……沒想到居然會在我的房間。

「嗯……金次？」

我撞到牆壁的聲音似乎讓加奈醒了過來，她閉著眼睛開口說。

「你去過救護科對吧。可是，你好像沒有替自己療傷的樣子。來。」

「……妳很清楚嘛。明明沒張開眼睛看。」

「消毒水殘留的味道。腹部疼痛的人，特有的不平衡腳步聲。人類光是走路，也能透露出許多訊息。這點你要記住。」

加奈睜開眼，把手輕放到桌上的急救箱上。

她是為了幫我療傷……才來這裡的嗎？

「來。我來幫你療傷。」

「不用了。」

加奈的聲音光是耳聞就會揪住人心，但我卻毫不領情。

「「這只是擦傷而已」」

加奈有如鏡子般，和我異口同聲說道。

她讀出我心思的瞬間，更進一步在最適當的時間點上，面帶微笑地向我招手。

我轉頭不看加奈……但還是走了過去……

在這股難以抗拒的不可思議氣氛下，我無奈地坐到加奈的身旁。

畢竟我也要好好跟她聊一下。

我坐在沙發上，加奈拉起了我的制服讓我露出側腹。

接著，她不光是塗藥還用了小針，確實替我做了治療。

她的治療方式，比衛生科的老師還要巧妙……疼痛就像不曾存在似地逐漸消失。

（大哥……）

近距離下，那張被夕陽塗上色彩的臉龐——這溫柔的表情，比較像是真正的大哥。

沒錯。

其實加奈她……擅於治療更勝於傷人。

她自己也有海外的醫師執照，某次在完成了一位富豪的委託後，她還用所得的龐大報酬，在貧困地區蓋了一間醫院。

加奈，大哥他——

無法丟下傷患、病人和傷心痛苦的人不管。這是他的本性。

追根究柢來說，大哥會發覺到這種奇妙的方法——藉由化身成美女來進入爆發模式……是因為他在小時候曾經變裝成母親的模樣，只為了哄在母親死後一直哭泣的我。

——那樣的大哥。

比誰都還要溫柔的大哥。

為什麼？

——為什麼會做出那種事情？

我想和他說話。我必須和他談談亞莉亞的事情。

可是……我好怕。

那個話題可能會破壞加奈，破壞大哥在我心目中的形象。

「……金次。你有好好拿學分嗎？」

加奈突然開口閒聊，我抬起了頭來。

「……學分不夠。不過我接了賭場警衛的工作。加奈妳不用擔心。」

她給人的氣氛和過去相同，我下意識以平常的方式回答了她。

我明明要和她聊亞莉亞的事情……

「賭場警衛。賭場警衛啊……嗯——你真好懂。你的未來讓我有點擔心呢。」

「？」

「HSS——你能好好使用爆發模式了嗎？金次對女性沒有免疫力，這點也很讓我擔心。」

像大哥這樣有免疫力，甚至整個人變成了抗體（加奈），我想也有點問題吧。

「……金次，你是肯做就會成功的孩子。爆發模式方面你蘊藏著極大的潛力，肯定勝過我——和初代的遠山金四郎。可是從以前開始，你對女生的事情就有點晚熟。嗯——你是那種『有實力沒幹勁』的人吧。」

加奈處理完我傷口，同時說。

「那方面的事情……妳別管啦。」

「畢竟你不是爆發模式的時候，是一個讓人有點不安的普通男生嘛。你在空地島差點從風力發電機上掉下去，是我用繩索把你吊起來的，結果你居然昏倒了，我看到都笑了。然後，我把斷掉的繩索換掉，把你搬到這裡來……真是，你這孩子從以前開始就需要人家照顧呢。」

果然……那個時候是加奈救了我嗎？

不過讓我掉下去的也是加奈就是了。

我一語不發，將頭別向一旁——

架上，倒映在鏡中的加奈撫摸了我的頭。

……我在加奈心中，永遠都是小孩子啊。

當我的嘴巴扭成了「ㄟ」字型時，

我感覺到四周的氣氛緊繃了起來。

「你要小心，金次。敵人正在……逼近你們。」

敵人？

加奈這突如其來的話語，使我轉頭看向她，突然——

有人喀嚓一聲，打開了玄關門。

「……我回來了。」

這稍微有點鬧彆扭的聲音——

是亞莉亞！

我從沙發上站起，跑到門旁。

「金次，你在嗎？那個，剛才……對不起。我有點太激動了……」

不行！不行！不要過來！

加奈現在人在這裡！

那個把妳打得半死的加奈！

「不要過來，亞莉亞！」

我挺身擋住了半開的門。

「怎、怎麼了啊？」

「別說了，妳快回去！」

亞莉亞從未看過我如此怒氣沖沖地大吼，雙眼眨個不停。

「總之就一個晚上，妳去別的地方！離開武偵高中！」

加奈到了明天，肯定會在某處就寢。

在那之前，我不能讓亞莉亞靠近加奈——！

「……！」

亞莉亞瞬間看了室內一眼，鎖起了眉頭。

我以身體為盾，不讓亞莉亞和加奈之間形成直線距離，同時將她推出外頭的走廊。

不能讓兩人之間形成射擊線。因為加奈不知何時會射出「不可視子彈」。

接著，我應聲將身後的防彈門關上。

「加奈她人在裡面。」

亞莉亞拿著塑膠袋的手，開始微微顫抖。袋子裡拿著裝有桃饅——還有似乎要給我吃的鰻魚饅。

「……我終於知道了，原來。原來是這樣啊，金次。」

亞莉亞用睫毛大眼，抬頭冷漠地瞪著我。

「是加奈——叫你這麼做的對吧！為了讓你跟我拆夥，然後跑去跟她組隊！」

「妳、妳說什麼？」

「沒錯，就是這樣！最近你會稍微有一點身為搭擋的自覺……是因為你覺得這是最後了，所以才那麼輕鬆對吧！故、故意讓我空歡喜一場，反正，反正你一定在心裡偷笑我吧！」

「喂……亞莉亞！」

亞莉亞露出犬齒揪住了我，和我扭打在一塊。

她就像瞬間熱水器一樣勃然大怒，看來在強襲科的大敗，似乎讓她的精神受到不小的打擊。

亞莉亞平常就欠缺的推理能力，現在變得更加亂七八糟。

「幹什麼啊妳！不過才輸了一次而已，不要一副好像整個世界都變成了妳的敵人一樣！」

「你想要……和我拆夥！以前的戀人……想跟你合夥！差勁透頂！你、你知道最近我看到你有身為武偵的自覺——心裡有多高興嗎！可是現在！可惡！笨蛋金次！」

「不是！加、加奈怎麼可能是我的戀人！」

「那她是什麼！」

亞莉亞齜牙尖聲反問。但是我——

「她是我大哥」這種話我實在說不出口。

就算我說實話，她也只會回嘴說「說什麼蠢話！白癡金次！」然後更加生氣吧。

「……！」

看到我答不上話，亞莉亞可愛的臉蛋瞬間糾結在一塊……

淚珠，從她的大眼滴落而下。

「你看！為什麼你回答不出來！加奈是誰！為什麼你們會孤男寡女待在屋內！為什麼你要我『出去』！嗚，反正——你們一定在笑說，嗚，事情進行得很順利對吧！你終於可以和那種，那種惡魔一樣的傢伙——！」

「不對！」

加奈，大哥不是惡魔！

那是我現在最不願意、最不願意……如此認為的事情！

現在，現在的加奈只是有點奇怪，所以才會變成這樣罷了，真正的加奈——對我來說，就像神明一樣！

「加奈！妳這個惡魔！滾出來！子彈我已經裝好了！金次、金次、金次是我的東西！」

咚！

回過神來時，我為了讓亞莉亞遠離加奈，而使勁地把她一把推開——

啪嘶！

——！——

同時瞬間拔出貝瑞塔，對她的腳邊做了威嚇射擊。

「……！」

亞莉亞手上的塑膠袋掉落在地——紅紫色的眼眸看著我，驚愣圓睜。

我對自己的行為也感到驚訝。

這也算是一種習慣動作。當我們和情緒激動的罪犯推擠時，對方一離開就要馬上進行威嚇射擊，停住他的腳步。這個連續動作，我在強襲科時受過好幾百次的訓練，已經變成了習慣。

但是，我沒想到自己居然會對亞莉亞這麼做。

亞莉亞常對我亮槍；但我從來沒有對她開槍過。

……從平常亞莉亞的行動來看，我原本以為這邊她會拔出Government……

但我錯了。

我開槍射擊她的腳邊，似乎讓她打從心底受到了打擊——

「……已經……結束了……」

亞莉亞用雙手摀住臉。

眼淚在手下流成了一條小河。

「……我真的失去了……全部，所有的一切了……」

她自言自語說完，立刻轉身背對這裡，似乎連奔跑的力氣都沒有……步履蹣跚地從公寓的走廊離開了。

我應該去追……那嬌小的背影嗎？

我應該跟她好好說明嗎？

可是……這些我都做不到……

我只能無力撿起地上的袋子。而裡頭的豆沙包早已涼透。

我回到房間後——

加奈正在竊笑。

「抱歉呢。我全都聽到了。」

——她在笑。

「……有什麼好笑的。這都是……妳的關係。」

「她很喜歡你呢。還說『金次是我的東西』。」

磅！

我用握在手上的手槍握把，毆打牆壁。

我不是亞莉亞，但我現在真的很想隨便找個人來遷怒。

「沒有枉費我忍著睡意跑來這裡。」

加奈似乎又覺得很有趣，莞爾一笑。

感覺她看到我們剛才的吵架……心情突然變得很愉悅。

「那天晚上，你在空地島拿槍指著我的時候，我就直覺到一件事情——看來我的猜測沒有錯。原來是那樣啊。那是，確實存在的。只是兩位當事人——都沒有看到而已。」

加奈愉快地說著語意不明的話語。我皺起了眉頭。

「妳睡傻了嗎？加奈。什麼東西？那什麼意思？」

「……算是『牽絆』的一種吧。現在只是如此。」

——牽絆？

「福爾摩斯家有很多怪人，所以早上我還在懷疑。因為我不敢相信金次居然會為了保護那個家族的女孩，不惜拿槍指著我。所以，我想先觀察一下神崎・H・亞莉亞是個怎麼樣的女生。因為這樣，我才會去強襲科一趟。」

加奈無視手上拿著槍的我，從沙發上起身。

「——剛才，我已經先告訴理子了。接下來我要『睡眠』了。我在台場訂好飯店了。」

「妳起床後要殺了亞莉亞嗎？」

我對走向玄關的加奈問。

「我不會殺她的。」

「……我能相信妳嗎？」

「這麼重要的事情我不會說謊的。只要『第二個可能性』還存在，我就不會殺她。」

……「第二個可能性」……？

加奈直視我的雙眼，說出了奇妙的話語。

「只要還存在……也就是說如果不存在的話，妳又會攻擊她嗎？那個『第二個可能性』是什麼東西？」

「……抱歉呢，我不能告訴你。因為我不想讓你太過**在意**。」

加奈動作流暢地穿上鞋子伸直背脊，無聲地轉頭說：

「創世紀第二章第十八節：那人獨居不好，我要為他造一個配偶幫助他。」

再次引用了聖經的她，凝視著滲入室內的夕陽。

「你要記住一件事情，金次。亞莉亞是一個危險的孩子。必須要有人引導她才行。如果『那個人』是你的話……我會感到很驕傲的。」

——她注視著火紅色的夕陽，如此說道。

3彈　夏日祭典

在那之後，亞莉亞都沒有回來。

兩天。三天。過了將近一個禮拜，她還是不見蹤影。

這是目前為止，時間最長的離家出走。

我甚至感覺再這樣下去——她可能永遠不會回來。

亞莉亞雖然有來上一般科目，但她的四周發出了強烈的氣息，不准我跟她說話。我好幾次強迫自己無視那股氣息，想要和她聊聊賭場警衛之類的話題……不過全都被她給躲掉了。

在這樣的時間當中，校內的各教室開始舉行一般科目的期末考，我沒辦法和亞莉亞說上話……

學校就開始放暑假了。

武偵高中七月七號就開始放假。因為緊急委託的緣故，所以假期開始的時間會比普通的學校還要早。

七號。

這個時間很好記，所以我早上起床立刻就想到了——前陣子武藤隨便用我的手機寫信給亞莉亞，上頭是這麼寫的：

『給親愛的亞莉亞。要不要和我去參加七夕祭典，順便練習怎麼當賭場的警衛啊？就我們兩個人。七號七點，在上野車站的大熊貓面前碰頭。妳要穿可愛的浴衣過來喔。』

這封郵件光是重看一次，就讓我衝動地想要拿手槍自殺……

亞莉亞有看到嗎？

到頭來她還是沒有回信，我倆因為加奈的事情大吵一架之前，她也對這件事情隻字未提。

所以她可能沒看到吧。

畢竟那傢伙是電話派，幾乎沒在用郵件。

「那麼……」

為何我現在人會在上野車站？

眼前熙熙攘攘的浴衣人潮交錯而過，我猛然回過神來，把剛才一直盯著的手機塞回口袋中。

現在是七月七日，距離晚上七點還有五分鐘。

話說我三十分鐘前就到了，一直在車站內的書店看書。

我……我沒有在想亞莉亞的……事情。

只不過，今天是上野緋川神社的七夕祭典。

這種活動中很容易發生犯罪事件，武偵應該要自發性地到現場擔任警衛，努力抑止狀況發生……啊！我白癡嗎。

那我幹嘛往大熊貓的方向走去？

啊，這也沒什麼……我只是——

過去看一下罷了。

這跟亞莉亞無關。那邊也是人潮聚集的地方，所以我有必要去那裡確認一下。只是這樣而已。

我瞄了時鐘一眼，於七點時走出了剪票口。站到三公尺高的……巨大熊貓玩偶前。

亞莉亞她……

（………）

……不在這裡。

我環顧四周……也沒看到人影。果然。

唉呀，我想也是吧。

說起來我根本不知道她有沒有看到郵件，而且她因為加奈的事情發了那麼大的脾氣。

反正，我早就在想她不會來了。

所以這可以說是在我的預料之內。就是這樣。

「……」

我稍微放鬆，嘆了一口氣，背靠著裝有巨大熊貓的玻璃櫃。

四周盡是……穿著浴衣的情侶和團體，他們似乎把這裡當作見面地點。

啊——總覺得待不下去啊。只有我一個人穿著防彈制服站在這裡……

不過呢，就稍微警衛一下吧。

她可能遲到了。

……不對。

啊……那個，就是警衛。這邊搞不好會有狀況發生。

我轉頭看自動販賣機，正想買一瓶寶特瓶裝的礦泉水時——

「嗯？」

——刷！

有一個粉紅色類似**繩子**的東西，匆忙地躲到巨大熊貓的另一頭。

「……」

那東西我有印象。

應該說……我已經看到了。

那不是亞莉亞的其中一搓雙馬尾嗎。

貌似亞莉亞的人影，應該說是亞莉亞本人，正蹲著藏身在熊貓的屁股處。

但是，她藏頭露雙馬尾。

……亞莉亞。

那種顏色的馬尾，找遍整個上野也只有妳一個人吧。

「……亞莉亞。」

我一叫，馬尾驚訝抽動。

那個動作彷彿在說：「被發現了！怎麼會？」

就說我已經看得一清二楚了。

「亞莉亞。」

「…………喵！喵！」

學貓叫是嗎。

她似乎想要假裝：「這邊好像有聲音，不過是一隻貓。」

這種矇混的方式……未免也太老梗了吧。而且，妳還學得還很失敗。

「妳的聲音太有特徵了啦。那樣反而是不打自招吧。」

我繞到熊貓後方，身穿**浴衣**的亞莉亞……

立刻踏響木屐，轉身站了起來。

「——慢死了！」

她冷不防地柳眉倒豎，露出犬齒對我說。

我故意讓她看我的手錶，示意：「我應該很準時吧？」接著……

「啊……那個，下次找我出來，你三十分鐘前就要到！讓我等的話就開洞！下次再讓我等三十分鐘的話就開洞！開洞活火山！」

妳……妳也是三十分鐘前就到了嗎？

話說既然妳在等我，為啥看到我又躲起來啊。

我原本想要回嘴，但我卻無法言語。

因為亞莉亞穿浴衣的模樣，實在，那個……

啊啊！畜生。

——實在太可愛了。

這種感覺是怎麼回事。

這和爆發模式性的感覺不同，不過有稍微擦到邊，讓我捏了一把冷汗。

亞莉亞的浴衣以粉紅和紅色為基調，上頭是金魚圖案，非常適合她那嬌小的身體。

居然能夠找到那麼適合妳的浴衣啊——我如此心想，笑意莫名地湧上心頭。

「幹、幹嘛啊。你在看什麼啊。很下流耶。」

亞莉亞看到我微妙的表情變化不知誤會了什麼，只見她些許紅著臉，調整浴衣的腰帶和胸口。她很久沒和我說話，似乎有些靜不下來。

「……妳看到了嗎？那封蠢郵件。」

「咦？」

我搔著後腦勺問完，亞莉亞支吾了一下，

「對、對啦，因為你說這是賭場警衛的練習，所以我才來的。絕對不是因為我想要去參加一次祭典看看。真的不是。」

那妳沒必要說出口吧。

亞莉亞雙手交叉在胸前，挺起了鼻尖。

「我接下來的委託絕對會完成它。就算是因為你學分不足那種無聊的理由，我的方針還是不會改變。我沒有其他念頭，百分之一百是為了警衛而來的。」

不過，妳還真的穿浴衣來呢。

話說……這樣一來，郵件的事情我就更難解釋了。

亞莉亞主張自己是「為了警衛而來」。以一個武偵來說這是一件好事，因此從對話的流程和氣氛來看，事到如今我無法開口否定說：「那是武藤傳的惡作劇郵件。」

唉呀，郵件的事情變成這樣也不算壞。

再繼續煩惱一個禮拜前傳的郵件，也實在有點蠢。

「……那我們走吧。去**警衛**。」

「……是啊。我們走吧，去**警衛**。只是**警衛**。**警衛**。」

亞莉亞連說三次警衛後——背上彷彿寫著「我想快點去看祭典」似地，腳步輕快地踏著木屐，朝人群走去。

啊……背上。她把手槍插在腰帶的結眼上嗎。真像亞莉亞的作風啊。

從JR上野車站沿著國道稍微走一段路後，拐個彎就會來到攤販成列的大道。

亞莉亞和我雖然因為加奈的事情大吵了一架，但我倆是多次共度生死關頭的戰友。多虧了這層經驗，讓我們得以在「前幾天的事情暫時先不管」的氣氛下一同漫步（雖然多少有一點生硬）。

「……哇……」

亞莉亞似乎沒看過日本的祭典，看到裝飾得五顏六色的街道和喧囂的人潮，雙眼瞪得像銅鈴似的。

我們穿過人山人海，往前走去……

亞莉亞突然在其中一個攤位前停下腳步。

是棉花糖的攤位。

賣棉花糖的老闆在亞莉亞的視線前方，把真的像棉花一樣的糖，一圈一圈地纏在衛生筷上。

亞莉亞張大雙眼皮的大眼，一直看著眼前的景象。

「金次，那是什麼？」

「妳問我是什麼……那是棉花糖。那邊有寫吧？」

「糖……也就是說可以吃囉？」

亞莉亞在我的斜下方，一臉不可思議地抬頭上望。

「那是小孩子吃的東西喔？」

我小聲說完，亞莉亞的臉頰隨即泛紅。

「我、我、我沒說我想吃吧！」

她的嘴角流出貌似口水的東西，齜牙說道。

妳的體液分泌得也太快了吧。

不過，我和亞莉亞相處的時間不算短，所以我知道這傢伙表現出這種態度的時候，就代表她「非常想吃那樣東西」。

要是不讓她吃的話，待會她的心情就會變差，Government的出現率也會提高。

「真拿妳沒辦法……不好意思，請給我一個棉花糖。」

我無可奈何地鑽過攤位的塑膠布簾。

亞莉亞也刷一聲，以超高速走了進來。

攤位稍微有點高，小不點亞莉亞只能勉強露出頭部。

「大叔！可以選味道嗎？」

大叔聽到亞莉亞的問題，回答說：「可以啊。」

喔——可以選啊。

「我要桃饅口味！有嗎？」

怎麼可能會有啊。

「有啊。」

真的有嗎！

我一臉愕然，而一旁的亞莉亞則目光閃爍，注視著棉花糖的誕生。

骨碌，骨碌，骨碌碌……

「來！帥哥的女朋友很可愛，所以免費附送。」

大叔做了一個稍微大號的桃饅味（？）棉花糖，交到我的手中。

「……她、她不是我的女朋友啦。」

我付錢的同時，反駁說。

亞莉亞從我手邊搶走了棉花糖，

「金次！這要從哪裡開始吃啊？」

她眼中閃爍著星光，小跳躍地不停拉扯我的衣服。

拜託，真的跟小鬼一樣。

隨後，亞莉亞吃遍了章魚燒、蘋果糖、巧克力香蕉……等出現在眼前的所有東西。我身為一個武偵不禁開始擔心起來，開口問說：「妳有好好控制體重嗎？」

結果她半惱羞成怒地回答說：

「我上次量體重的時候，我跟理子的身高差不多，結果我的體重比理子還輕，所以沒關係。」

那是胸部重量的差距吧。

總之，亞莉亞公主因為填飽了肚子，現在龍心大悅。接著我們去撈金魚時，金魚們察覺到她的凶暴性而四處亂竄，讓她一隻也沒撈到，所以我上陣替她撈了幾隻後，公主興奮的心情又更上一層樓。至於打靶遊戲呢，我們去玩就跟作弊沒兩樣了……所以就ＰＡＳＳ吧。

「不管在哪個國家──每到祭典的時候，大家都會興奮過頭。這種時候最容易有犯罪發生。我們要提高警覺。」

亞莉亞有時會突然想起警衛的事情，繃緊神經說道。我看最興奮的人就是妳吧──我如此心想卻沒有說出口。

接著……亞莉亞看到七夕的矮竹一直纏著我問那是什麼，於是我簡單地告訴她：妳可以寫一個願望掛在上面。

亞莉亞的兩眼再次熠熠生輝，買了短籤後流暢地用英文不知寫了些什麼。織女和牛郎看得懂英文嗎？我一邊心想，一邊看著她十分認真的側臉時……

——哇啊！

這時，四周傳來人群的歡呼聲。

「……？」

我轉頭一看，有一尊大神轎從亞莉亞的面前走了過來。

群眾們彷彿受到神轎的影響，也一同靠了過來。

拼命墊腳想要掛短籤的亞莉亞，被接近的人海推擠——

「誒！咦、咦？」

她發出聲音，嬌小的身體同時被人海淹沒。

不妙。

她要是被人潮沖走的話，我們會走散。

「亞莉亞，來這邊。」

我朝「姆啾！」的娃娃聲方向，伸出了手。

一隻小手在人群之間回握住我。

我就這樣任由人群流動，巧妙地移動到貌似廣場的地方後——

啵！

使勁地把亞莉亞從人群當中拉了出來。

亞莉亞「呼哈」一聲離開人群，一邊目送神轎離去，並用另一隻手擦拭額頭的冷汗。

「能、能出得來真是太好了……剛才那個是什麼啊？」

「那個叫作神轎。我們沒走散真是太好了。差點就要用廣播來找迷路的小孩了。」

我回答亞莉亞，也目送著大神轎離去。

接著，我倆就這樣在小路上走了一分鐘後……

視線往下，

看了彼此的手。

——————！

我的手和亞莉亞的手。

亞莉亞的手和我的手。

現在居然，緊握在一起！

「……………！」

「……………！」

一股自四月和亞莉亞認識以來最大的緊張感，在我們之間流過。

亞莉亞看著我，接著看了我倆握住的手，然後再看向我，轟隆隆隆！

整張臉就像和不合季節的被爐一樣，紅了起來。

我和亞莉亞想放開手——可是，亞莉亞的腦細胞似乎發生了什麼錯誤……反而更「咯吱、咯吱吱」地，用力緊握。

咯吱咯吱咯吱！

咯吱咯吱——！

我、我的手！快要斷啦！妳這種像拿掉限制器一樣的握力是怎麼回事！

——嗯磅！

亞莉亞終於一口氣把手放開……

接著她舉起自己的手，表情十分駭人，彷彿在禱念要讓棲息在手中的魔物鎮靜下來一樣。她的手指變得像鉤爪，僵硬不動。

「你、你……你這個色鰲金次！」

我不明白為何她會這樣稱呼我，而那隻手隨即在我面前緊握——

變成了拳頭。

南無阿彌陀佛。

隨後，亞莉亞因人多而感到些許不適，和左眼周圍有一圈黑輪的我，避開了滿是情侶的神社前殿，繞到了本殿的後方……並肩坐在走廊的木板上。

咚！咚咚！

五顏六色的煙火，點綴了早已一片漆黑的夜空。

亞莉亞似乎是第一次看日本的煙火，一直目不轉睛。

她……和夏季的印象很相符。雖然她不會游泳，但我就是……有這種感覺。

——煙火放完後，夜空中取而代之的是滿天的星星之火。

本殿後方的樹叢繁盛，從那裡傳來了各式各樣的蟲鳴。

夏天啊。

……

………

「那個啊，」「我說……」

我倆彼此對望同時想開口說話，聲音重疊在一起。

「啊，什麼？你先說沒關係。」

「不，妳先說啦。」

一來一往的對話當中……「鈴——！鈴——！」的微弱蟲鳴聲自一旁流逝而過後……

「加奈的事情……那個，對不起。」

亞莉亞扭扭捏捏，開口道歉。

「我輸給了加奈。現在我可以承認這一點，雖然花了一點時間。就跟你說的一樣。

世界上有比我還要強的武偵，現在我覺得——能夠和比我強的人交手，讓我學到了很多。還有，其實我多多少少有察覺到……」

亞莉亞似乎不太好意思……稍微低下頭來。

「——她不是你以前的戀人。」

如此訴說的側臉，因為天身的敏銳直覺而充滿了確信。

看到我沉默不語，亞莉亞側眼看我……稍微刺探性地說：

「可是，她不是外人。是另一種，和你有強烈牽絆的人。」

她再怎麼樣，也想不到加奈是我「大哥」的樣子……

亞莉亞果然是史上最厲害的名偵探：夏洛克・福爾摩斯的曾孫。

她憑藉著敏銳的洞察力，幾乎說中了我和大哥的關係。

「那個，我不擅長拐彎抹角所以直接問你……你以後……要跟加奈搭擋嗎？」

亞莉亞戰戰兢兢地問道，眼神宛如被丟棄的小狗般充滿不安……

幹嘛啊……不要用那種眼神看我啊。

平常妳明明都把我當成狗一樣。

「……不會。我跟加奈不是那種關係——而且，我們的格局差太多了。」

我斷然否定後，亞莉亞露出了安心的表情。

呼……

讓人彷彿可以聽見，她放下心中大石的聲音。

看來對亞莉亞來說，加奈的事情她最擔心的就是這件事。

「不過，我覺得加奈她——對妳來說，依舊是一個危險的存在。理由我不明白，不過妳好像變成那傢伙的目標了。所以妳要小心。」

「嗯、嗯。」

「還有……我也趁這個機會再跟妳說一次。妳之前問我是不是想跟妳拆夥……我本來就打算總有一天不幹武偵的。」

現在想想，我會就讀武偵高中——

或許不完全是我自己的決定。

遠山家背負了爆發模式這種特異體質的宿命，代代都是「正義使者」，而我身為其後代……也會變成那樣的角色。或許我只是覺得那很理所當然，而被**牽著鼻子走**罷了。

不過……去年大哥失蹤後，我就決定不幹武偵了。

而這個月，我和加奈——大哥再會後，不幹武偵的念頭反而更加堅定。

原本連殺一隻小蟲都會猶豫的溫柔大哥……現在居然會「想要殺人」，而且目標還是同樣身為武偵的亞莉亞……

他變了。

我不明白為何大哥會說出那種話。但是，讓他改變的根本原因，追根究柢來說和武偵這一行的黑暗面脫不了關係。這一點——絕對不會錯吧。

「所以我明年四月要轉學離開武偵高中。不管妳說什麼我都會這麼做。」

可是，至少我自己——為了不變成像大哥一樣，應該要離開武偵這一行。

然後變成普通人，過著平凡的人生。

這肯定才是正確的道路。

不過……

「那……我知道啊。可是……雖然我心裡知道……」

亞莉亞的話語充滿了理解，但娃娃聲卻明顯地消沉了下來。我用略帶溫柔的表情看著她。

不過……呢。

亞莉亞。

我在心中還決定了另一件事情。

——這段時間，在這短暫的時間中……我會助妳一臂之力。

妳正在奮鬥。以那嬌小的身軀，正面迎戰坎坷的命運。

不像我一樣只會逃避。

所以——

「不過……我要遵守武偵憲章第八條啊。」

唉呀，現在就先這麼說吧。

「『任務必須徹底完成』。我到明年三月之前都是武偵……在那之前我不會違反武偵憲章的。身為一個人要遵守規範。所以我會一直陪妳到解決伊・幽的事情為止。」

「第八條——」

「金次……！」

妳的聲音不要高興得這麼明顯嘛。

「而且我們已經打倒了理子、貞德和弗拉德等三位伊・幽的成員了……雖然這是順其自然結果啦。現在不只是妳，理所當然地我也被伊・幽盯上了吧。冤冤相報是武偵的宿命。必須戰到有一方全滅為止。啊——啊！這種麻煩的事情我實在是管太多了。傷腦筋啊。」

以我來說這樣算是有點做作……不過，當我語帶確認地說出自己的歪理後，

亞莉亞她……低伏著臉。

接著，骨碌！

轉身背對我……

開始「嘶嘶」地發出鼻鳴聲。

我心想她該不會是突然感冒了吧，於是探頭想看她的情況，結果她馬上把臉挪開。

……我搞不清楚狀況，從走廊下來繞到另一頭；但她又轉身背對我，讓雙馬尾隨風飄揚。

……總覺得這樣讓我有點生氣。

我爬上走廊，逼近亞莉亞的臉龐。刷！

刷刷！亞莉亞像陀螺一樣轉動，只肯讓我看她的後腦。

我快速逼近，她又轉動身體。如此一來，她整整繞了一圈。

「妳幹嘛這種反應啊？」

我抓住她的手腕，讓她轉向這裡後……

「啊……」

亞莉亞無意中抬頭看了我的臉……

……她正在哭。

喜極而泣。

她濕潤的雙眼，有如銀河一樣閃爍著細微的光芒。

我說「不會跟妳拆夥」……就讓妳高興到流淚了嗎。

「啊，那個……」

我想要開口道歉，但又覺得這種時候道歉很奇怪……因而沉默了下來。

「嗚？」

這時，亞莉亞的喉嚨突然發出奇妙的聲音，彷彿有一塊蒟蒻劃過她的身體似的。

……這次又怎麼了？

「嗚誒誒！」

嗚誒？

我看著嘴巴扭成「ㄟ」字型的亞莉亞……

「呀啊啊啊啊啊！」

怎麼了！

她突然在走廊上跳了起來。

這、這是在幹什麼？

因為感情的線路接了太多條，她的頭殼終於壞掉了嗎。

突然，亞莉亞踩到浴衣的下襬，咚隆！

以搞笑藝人都自嘆不如的步伐，當場跌個四腳朝天。

接著她像撈金魚攤販裡頭的金魚一樣，不停跳動。

「啊、啊哈哈！拜、拜託！不行、不行不行！喵、喵嗚啊！」

她得全身抽動，自己抓住浴衣的領子，使勁地脫起衣服來！

「等、等一下！妳稍微說明一下！我真的搞不懂妳在幹嘛！」

「金、金金金金次你快想辦法！衣、衣服裡面！有、有東西！」

「喂，妳還好吧！」

我看她穿著浴衣很痛苦，於是拉了她身後的腰帶，替她把衣服鬆開。

接著──

嗡……

一隻類似金龜子的蟲，從浴衣裡頭飛了出來……

停在附近的樹上。

啊──！

因為蟲子跑進衣服裡，所以她才會癢嗎？

害我白擔心了。我是怕她的腦袋出了問題啦。

「……啊呀……」

亞莉亞撲通一聲，和完全走樣的浴衣一起癱在走廊上。

我繃著臉，看著那隻繼加奈之後第二個打倒亞莉亞的強者：金龜子……嗯……？總覺得她和普通的金龜子有點不一樣。是一種不太常見的蟲子。

好像似曾相識……？

那隻奇怪的蟲子彷彿在逃避我的視線般，嗡嗡嗡地往雜木林的方向飛去。

「……搞、搞什麼啊，那隻下流的蟲……居然亂搔我的癢……！」

亞莉亞不知何時快速穿好了浴衣，手拿著槍站了起來。

妳……想要用那把大口徑手槍，對蟲子做什麼？

我退縮了一下，一邊幫亞莉亞撿起從浴衣中散落出來的東西。一個八成是特別訂製的超小型外國名牌化妝盒和口紅，這是……粉底嗎？還有睫毛膏。妳幹嘛這麼起勁帶一堆小東西來啊。

我一面心想，同時將小東西撿起……此時，我的手突然停了下來。

——武偵手冊。

亞莉亞的手冊半開掉在地上，上頭……隱約可見一張年輕男性的照片。

年輕男性——不是我，而是別人。

『遠山。你搞不好有情敵喔？』

我的腦中不知為何……真的是不知為何，想起了幾天前不知火說過的話。

呃……所以那又如何。這種事情和我沒關係。

亞莉亞雖然帶著槍，但她這個生命體，在分類學上好歹好歹也算有沾到高中女生的邊。就算她再怎麼不善長談戀愛……會有一、兩個喜歡的對象也沒什麼好奇怪的。那樣反而比較正常吧。

「啊！」

亞莉亞小聲驚叫，蹲下來快速撿起武偵手冊，將它拿到自己平坦的胸前。

舉止似乎有點慌張呢。

「……這些應該就是全部了吧。妳看一下東西有沒有少。」

我把掉落的化妝品，裝進亞莉亞的小手袋後交給了她。

亞莉亞接過手袋後瞄了我一眼。

隨後又用紅紫色的雙眼，瞄了一下武偵手冊。

幹嘛啊。照片的事情我什麼也沒說吧。

「……你幹嘛突然心情不好啊？」

「我哪有。」

「你看到照片了吧？」

……亞莉亞真敏銳啊。

她這話恰巧正中了紅心，讓我臨時想不到好理由來搪塞。

「又沒關係。我不在意。」

「在意什麼啊……你的表情好像誤會了什麼，我不喜歡這樣。」

亞莉亞像小孩子坐溜滑梯一樣，滑坐到走廊上，

接著用手「磅磅磅」地，拍打自己的身旁示意。

那是要我坐下的意思吧。

……真拿妳沒辦法。

我嘿咻地……坐到亞莉亞的身旁。

「一般來說，大家都會放自己的雙親和兄弟姊妹的照片啦。」

亞莉亞讓我看手冊裡的照片——上頭果然是一位年輕男子。

年紀大約二十出頭吧。

「這個人兼具世界第一的優秀頭腦和身體，是一個完美的人，而且——」

照片上的英俊男子，穿著古色古香的西裝……

他和亞莉亞明明是不同人，但是他有些地方，該怎麼說呢……他散發出來的氣氛很像亞莉亞。

「——他已經不在人世了。」

那張老舊的照片，足以讓人明白亞莉亞的所言不假。

最重要的是那是一張黑白照片。顏色是黯淡的深褐色。

這個人……我知道。

男子比偵探科書上的照片還要更年輕，但他確實是世界最厲害的名偵探——

「夏洛克・福爾摩斯1世。我的曾祖父。」

「……妳很尊敬他吧。」

「由衷地尊敬。這張照片是我父親給我的。我總是把它帶在身邊，它是我最重要的心靈支柱……所以我一直放在手冊裡，沒有讓任何人看過這張照片。」

「妳現在不是給我看了嗎？」

我稍微吐槽完——亞莉亞真的很珍惜似地，輕輕蓋上手冊，表情充滿了自豪。
接著她從走廊下來……臉頰些許泛紅地回頭說：
「——我只讓金次一個人看。」

回到家門口的我，很自然地讓跟在後頭的亞莉亞進到了屋內。
亞莉亞久違地回到我的房間……這樣的感覺是比較自然……但這幾天的空白，讓我感覺莫名地尷尬。畢竟現在白雪人不在，只有我們兩個人獨處。
為了掩飾這個氣氛，我著手拆開出門期間送來的瓦楞紙箱。
「……這些是什麼東西啊？」
我用小刀割開膠帶，箱子裡裝的是……一些衣服和小配件。
寄件人是ＴＣＡ。是位於台場的賭場營運公司。
我看了隨箱寄來的信件，前幾天我為了搶救不足的學分，接下了賭場警衛的任務，而這些東西似乎是工作用的物品。
「這是什麼啊？」
亞莉亞也跑了過來，所以我把信件的內容唸給她聽。
「這些是賭場警衛的小道具。信上面說：『為了避免影響到客人的興致，請各位變裝成客人或店員，來進行警衛工作。』」

「原來如此。我能夠了解。娛樂設施的警衛常常都會這樣。」

「是啊。大家難得來玩，要是看到武偵在裡頭閒晃，就沒辦法享受了吧。」

要是衣服的尺寸不合而影響到動作的靈敏度，那可就不妙了，所以我們拿到警衛用的服裝時會先試穿，這是武偵的鐵則。

基於這個理由，我和亞莉亞晚上也沒別的事可做，於是便決定試穿一下自己的衣服。看了一下說明的字條，我扮演的角色是……「ＩＴ公司的年輕社長」？這是什麼鬼。

我自己這樣說也很奇怪啦，哪有公司的社長像我這樣毫無幹勁的啊。

不過如果這是委託人的指示，那我也莫可奈何。

所以我試著穿上衣服……一套像極了爆發戶賭徒的全套西裝，配上太陽眼鏡，還附帶了男用香水。這種品味……真不適合我啊。

不過呢，這衣服是用防彈纖維製成的。這點我明白，亞莉亞的應該也一樣。

「這……這是……什麼東西……」

我聽見亞莉亞嚴肅的呻吟聲從寢室的方向傳了過來，因此轉過頭問：

「怎麼了？亞莉亞。有什麼問題嗎？」

接著……喀嚓！

我不慎打開了寢室的門扉。

亞莉亞發現到我出現在全身鏡上，嚇了一跳。

耳朵整個豎了起來。

一對兔子耳朵。

「笨、笨蛋金次！」

磅！

亞莉亞轉身舉起雙手，姿勢就像棕熊在威嚇人一樣。

接著，她慌忙看了自己身上**像泳衣一樣**的黑色衣服，放棄衝過來扁我，

「我、我我我我不是有說過了嗎，開門之前要先敲門！不准看這裡！」

她背對我，縮起雙手蹲了下來。

抖抖抖抖！

看到像毛球一樣害羞而顫抖的尾巴，我也能明白……

亞莉亞身上穿的是**兔女郎裝**。

這麼說來……賭場真的有兔女郎呢。

話說，剛才她的耳朵豎了起來，那是怎麼用的啊？

「快出去！變態。色鱉金次！雞肉漢字！」

雞肉漢字……？啊啊！是「痴漢金次」的口誤嗎。（註2）

臭亞莉亞。妳就是愛造一些難唸的新辭彙，才會變成這樣。

2　日文中，雞肉漢字和痴漢金次音近。

不過，亞莉亞穿兔女郎裝的模樣……

是很可愛沒錯。

按照情況來看，可能會讓我爆發也說不定；不過兔女郎裝一般來說，是讓身材姣好的成熟女性穿著的。

幼兒體型的她，穿起來並不適合。不適合。不適合。太不搭了。多虧那種不協調感，才讓我平安無事。只要把它當作是一種偽裝即可。

「啊！背後、不、不能看我的背後！你看的話就開洞！開洞喔！」

聽到她這麼說我仔細一看，亞莉亞的兔女郎裝——背後開了一個大膽的V字型，白皙的肌膚幾乎一覽無遺。

亞莉亞慌忙想要用手遮住背部，在背部的左側……

有一個舊彈痕。

唉呀……

妳是貴族而且還是女生，或許會比男生還要更難為情啦。

可是，每個武偵身上都有刀疤彈痕。

那點小事別那麼害臊。就把它當成是一種勳章就好了。

「喂。妳的背後怎麼樣都沒關係啦。」

上次她穿女僕裝時我也有想過，亞莉亞太過羞於變裝了。

這點身為武偵，我必須要叮嚀她一下才行。

「服裝這點小事妳就忍耐一下吧。請妳幫忙的人是我，我可能沒立場說這種話啦，不過武偵在做潛入搜查和便衣警衛的時候，都會裝扮成各種不同的樣子。好啦。為了避免正式上場時出糗，妳平常就穿成那個樣子，稍微習慣一下吧。」

「嗚〰〰〰〰」

亞莉亞如此呻吟，被我教導怎麼當武偵似乎讓她很不甘心，只見她淚眼汪汪地挺直腰桿。

接著，她晃動雙馬尾和兔耳，轉身面向這裡。

……嗯？

奇怪。現在的亞莉亞，總覺得……有點不對勁。

我手抵下顎，開始發揮在偵探科鍛鍊出來的觀察力。

……

……

啊！我知道了。

她的胸部比平常還要有料。

衣服裡頭似乎墊了什麼東西。

話雖如此，兔女郎裝本來就是為了胸部有料的女性而打造的。

太平公主亞莉亞要是直接穿上，胸口和衣服之間會有縫隙，那幅景象會讓人感到十分悲慘啊。

「亞——」

砰！

——莉亞，妳終於開始搞起偽裝來了。我要去東京地檢署告發妳。

我才說出第一個字，亞莉亞似乎就猜到我想說什麼，馬上一個前踢讓我的身體變成了「く」字——更進一步讓我雙膝跪地成了「つ」字型。

「胸墊是，流行！胸墊是，時髦！胸！墊！無！罪！」

亞莉亞每一個「！」就踩腳踩我的頭，我完全無法辯解，轉身面朝上只顧著扭動身體逃命時——磅！

（嗚……！）

高跟鞋落在我的腦袋旁沒踩著我。亞莉亞因此跨站在我的頭上。

嗚……嗚？

……誒……？

我身體的「中心」——逐漸產生了炙熱感。

我快進入爆發模式了……？不對，還不夠完全，不過現在已經是半進入狀態了！

這、這是怎麼回事啊，金次！

剛才明明沒問題的。

亞莉亞不過是穿著高跟鞋踩我，然後跨站在我頭上，居然就讓我快要爆發。這太奇怪了吧！

應該說，現在事情大條了。

這裡是寢室。

你在這種地方，進入那個花花公子的爆發模式看看。

情況就會跟上個月，被白雪關在救護科的急救室時一樣——

我搞不好會做出無法挽回的極大惡行啊！

「——小金！你怎麼了？」

對，就跟白雪那個時候一樣……咦……

……嗄？

白……雪……同學？

此時雙手「磅磅」兩聲，推開寢室門扉的人正是——

一位總是穿著巫女裝，身上背著包袱看似剛旅行回來的女性……

姓星伽，名白雪。

星伽白雪。

正是此人。

她圓滾滾的黑眼張得斗大，一臉擔心怕我出了什麼事情——

當她看見亞莉亞穿著兔女郎裝雙手抱胸，用高跟鞋踩著我的額頭後——

頓時之間，橫眉豎眼！

「神崎・H・亞莉亞……！嗚、嗚呵呵、呵呵呵呵……」

她以往些許低垂的溫和雙眼，開始放出銳利的目光，有如快射出雷射一般。

接著，白雪像是在道歉一樣微低下頭來，妹妹頭瀏海形成陰影，藏住了她的眼睛。

刷——！

星伽的武裝巫女，釋放出一股無法形容的殺氣，逐漸籠罩室內。

如果是心臟不好的人，恐怕此刻就會有生命危險吧。

「——小金，我回來了。」

歡、歡迎回來。

「對不起。」

有道歉癖的白雪，先行開口道歉。

什麼?妳是為了什麼而道歉。

「……我在星伽替小金占卜，結果出現了『兔子難』，所以我工作完馬上就趕了回來。然後，我想說可能會有這種狀況……所以把『那個』也帶來了。」

聽到這句話，我這顆被亞莉亞鍛鍊過的心臟，瞬間停了下來。

「不、不、不要用**那個**，白雪！我以前就叫妳不要用了吧！」

我慌忙起身大叫。有樣東西早了我一步——鏗鏘一聲！

一個沉重的金屬物品在白雪的緋袴內側，應聲掉落。

「**所以我才說對不起！**」

白雪一邊大叫一邊舉起的東西，粗壯的彈簧機關，咖嚓咖嚓咖嚓！

以風馳電掣的速度完成了組裝。

她將那個東西——喀吋一聲，抱起架好。

「！」

我和亞莉亞同時目瞪口呆。

那個東西是M60機關槍。

是美軍開發製造、重達十公斤的**戰爭用機關槍！**

當然，在日本持有這把槍是違法的，就連警視廳也不會睜一隻眼，閉一隻眼。

白雪用一隻右手腰射持槍，從白小袖中「鏗啷啷」地拿出彈鏈放在左手上，擺出了送彈的姿勢。妳是藍波嗎！

「妳這隻——小偷貓！竟然穿著那種不知羞恥的衣服，和小金大人在享受大、**大人的遊戲**——妳罪該萬死！萬死！萬死！也就是要死一萬次！」

「搞、搞搞搞什麼啊，這女人！每次都在那邊發神經！」

亞莉亞似乎已經認定火力實在敵不過對方，沒拔槍就直接退到了牆邊。

喀吖！

白雪的瞳孔似乎在說：「廢話少說！」眼神變得相當不妙，把機關槍對準了這裡。

話說白雪，我！我我！連我也被瞄準啦！

「去死吧神崎亞莉亞！這是天誅！是天誅！啊哈、啊哈哈哈哈！」

——吖吖吖吖吖吖吖吖吖吖吖吖吖吖！

M60放出了業火，NATO彈在寢室中肆虐。

亞莉亞像忍者一樣逃到了天花板上；狂戰士白雪發出抓狂般的哄笑，一邊把天花板變成像破抹布一樣打成了蜂窩；而我——

則在飛散的木片和水泥片當中，拼死從寢室的窗戶縱身一躍——鏗鐺！

九死一生地跳到靠近海面的防落柵欄上，在鐵絲網上壓出了一個人形的凹痕。

……真佩服我自己……

在這種日子當中，還能活下來。

話說白雪。被穿著兔女郎裝的女生踩頭，算是哪門子的**遊戲**啊……

不過妳的占卜能算得這麼詳細，我想已經違反個人資料保護法了吧。

爆發模式中，有一種情況叫作「半進爆發」。

不過這名稱是我自己命名的就是了。

性亢奮是一種讓身心逐漸產生變化的東西，不會像電燈開關一樣瞬間就切換過去。

如果像剛才一樣，在變化的途中受到阻礙，我的爆發模式就會在比較輕微的「半進爆發」下停住——能力會在短時間內稍微獲得提升。

多虧如此我才能躲過那把M60的連射，而當我往海裡跳的時候，我發現了一件不尋常的事情。

一個需要稍微調查一下的不尋常狀況。

因為當我跳窗逃生時，我在第二女生宿舍的某個陰暗窗戶中，看見一道反射光。

根據經驗……那是望遠鏡在看這裡的光芒。

或許這是我的被害妄想，不過要是有人從頭到尾看到這一幕的話，事情可就麻煩了。如果對方跟老師告密M60的事情，害我連帶因為不純潔的**違法**行為而受到處分的話，那可就傷腦筋了。

因此我走過防摔落的鐵絲網，回到男生宿舍的正面……往第二女生宿舍走去。

可以的話我不想來這裡，而且還是在晚上登門拜訪。

但是不妙的消息要盡早封口，這是武偵的基本常識。

望遠鏡發光的房間，是女生宿舍的最上層——大概是這間吧……

我在走廊上止步，對著房門面皺起了眉頭。

……沒有名牌。

不知道是誰的房間。

按了門鈴也沒人應門。

空房嗎？這裡看起來很像單人房。

傷腦筋啊……半進爆發已經解除的我，不知道該怎麼辦才好。

當我搔著後腦時——

咬！咬咬！

有樣東西無聲無息地靠近我身後，緊貼在我的腰部上！

「嗚、嗚喔！」

我轉頭一看，有一隻大白狗——

不對，有一頭**狼**正在咬從我口袋跑出來的 Leopon 吊飾。

這、這頭銀狼。

我有印象。

上個月侵入武偵高中，最後被我追捕到的銀狼就是這傢伙。

被我——還有狙擊科的神童：**蕾姬！**

「艾馬基，不要這樣。那是金次同學的東西。」

身旁冷不防傳來蕾姬的聲音，我抬頭一看。

眼前，蕾姬穿著武偵高中的夏季制服，正在對銀狼說話。臉上依舊面無表情。

她肩上背著狙擊槍，走路也同樣無聲無息——不知何時穿現在我身後。

銀狼聽到蕾姬毫無頓挫的責備後——

嘴巴放開 Leopon 然後坐了下來。

隨後，牠用乖寶寶的表情看著蕾姬；而對我的視線……感覺像是用瞪的。

這態度上的差距是怎樣。

「……」

一方面，蕾姬還戴著平常那副全罩耳機，有如ＣＧ般整齊的臉蛋一臉呆滯。

她似乎剛買完東西，手上還提著便利商店的塑膠袋。

「………」

妳說句話吧。這樣很像人偶呢。

「——就是啊，我來這裡是因為有些事情想要跟妳說。」

我耐不住沉默開口說完，蕾姬用鑰匙卡打開了房門。

隨後，她帶著狼不發一語地走進房內。這裡果然是她的房間。

「啊，不用啦，站著說就可以了……」

不想入女生房間的我如此說道。然而，蕾姬卻往昏暗的房內走去。

她還是老樣子……我真的猜不透她在想些什麼啊。

要是房門關上了，我可能就沒機會和她說話了。

我如此心想，不得已，真的是不得已地走進了蕾姬的房間。

一顆自天花板垂下的無罩燈泡，照亮了室內。

室內空蕩的程度令人驚訝。

沒有床鋪、衣櫃、電視和電腦。地上甚至沒有地毯或榻榻米，地板和牆壁上的混泥土裸露在外。只有餵食銀狼用的碗盤，放在房間的角落……

（這個房間……是怎麼回事……）

時值夏天，這裡卻讓人些許發寒。

蕾姬在沒有冰箱和櫃子的廚房內，從塑膠袋裡拿出卡洛里美得。（註3）

牆壁旁邊，還排著幾個卡洛里美得的空盒。

蕾姬只吃那種東西嗎。這樣居然還活得下來。

「……？」

3　卡洛里美得(Calorie Mate)，一種營養口糧。

我一臉愕然的同時，注意到室內還有一個房間。

打開電燈一看，裡頭有一張桌子，上頭放了一個類似鐵砧的黑色工具。

這是……保養手槍的工具。

而且東西還十分齊全。

武偵多多少少都會保養自己的槍——但多半只是簡單的檢整。細部分解和改造這些作業，通常都會讓專家來進行。武偵高中內是由裝備科來承包這些工作，以換取學分或金錢。

不過我看這間工房，蕾姬的狙擊槍似乎從頭到腳都是自己親手保養。她似乎連子彈都是手工製作，裡頭連量火藥用的天秤都有。

真不虧是機器人蕾姬。做事情很徹底呢。

由於她太過專業，這個房間感覺就像蕾姬的世界一樣——讓我覺得自己和這裡格格不入。

……趕快把事情辦一辦吧。

「喂，蕾姬。」

「我在。」

「妳剛才偷看了我的房間對吧。用德拉古諾夫的狙擊鏡之類的東西。」

「對。」

……居然這麼爽快就招了。

「那種行為叫作偷窺喔。我不知道妳看到了什麼，把它全部忘掉。知道嗎？」

「是。」

蕾姬一句抱歉也沒說，如此回答完便靠著牆壁，

將德拉古諾夫狙擊槍像拐杖一樣抱在身上……彎腳坐起。

「——你要說的只有這些嗎？」

她穿著短裙卻毫不在意地立起了膝蓋，所以我移開了視線。

蕾姬這個女孩，到底算是小心謹慎還是毫無防備呢。

「嗯……對。我要回去了。」

「那麻煩你把那個房間的電燈關掉。艾馬基，過來。」

喀嚓！蕾姬坐著用狙擊槍的前端按下開關，關掉客廳的電燈。

銀狼來到她的身旁趴下——艾馬基似乎是牠的名字——閉上了雙眼。

「……幹嘛要關燈啊？」

「因為我要睡了。」

「睡覺？用那個姿勢？」

我驚訝一問，

蕾姬就像機械一樣闔上雙眼，同時拿下耳機點頭回應。

「妳該不會……都坐著睡覺吧？」

她又一個點頭。

……太神啦。

狙擊手是禁慾主義者，必須忍受各種不同的惡劣環境，等待目標進入射程範圍——這番話我以前曾聽人說過，但這傢伙已經跳脫禁慾者的等級了。

簡直就像一個行住坐臥都在防範敵人的武士。

「金次同學，可以換我問你一個問題嗎？聽說你要做賭場警衛的工作。」

「……幹嘛？」

「我也要做。」

啥？

為什麼？

「妳的學分也不夠嗎？」

蕾姬搖頭，短髮也跟著輕晃。

「那是為什麼？」

我問完，

「——因為我感覺到一陣風。一陣炎熱、乾燥、無法比喻的……邪惡之風……」

蕾姬獨具透明感的聲音，在空蕩的房間內輕微迴響。

我感覺自己好像聽到了某種不吉利的預言，完全無法開口回應。

隨後，我離開蕾姬的房間回到男生宿舍，輕輕地……打開了房門……咦？房間已經整理好了。

我原本以為這是因為我想逃避現實，所以才會看到幻覺，可是看起來不像。因為白雪連射完的M60就放在陽台上冒著熱氣。或許是怕別人看見吧，槍身上還蓋著一條摩托車用的蓋布。

「……」

牆壁和天花板在這不到一個小時的時間，就被妥善修復，屋內還出現了一張不知從哪搬來的雙層床，剛才亂射的痕跡和證據……幾乎被湮滅殆盡。

善後工作做得太習慣也很可怕啊，那位武裝巫女。

亞莉亞似乎判斷眼前的白雪相當危險──實際上正是如此──依舊不見蹤影。她搞不好一個晚上都不會回來。雖然她現在穿的是兔女郎裝。

「──不要緊。東京就讓姐姐我來處理。」

白雪的聲音，從洗手間的方向傳了出來。

……她好像在用電話和星伽的妹妹商量事情。從她凜然的語氣，我能夠如此判斷。

白雪看上去雖然很不可靠，不過其實她是家中七姊妹的長女（其中包含了親姐妹和乾姐妹）。

「——**敵人**用的是異國的蠱術。霧雪、粉雪妳們要小心，不要離開自己負責的區域。妳們要好好保護星伽。那就先這樣……嗯。晚安。」

白雪在洗手間內似乎講完電話了，所以我在她身後開口說：

「……妳妹妹她們都還好吧？」

「呀！」

突如其來的聲音讓白雪嚇了一跳，她坐在椅子上彈起了三十公分。

所以說，這招白雪跳躍到底是怎麼用的啊。

我在內心吐槽，一邊撿起白雪跳起時掉落的手機。

白色手機的待機畫面似乎是我的特寫照片，不曉得是在哪裡拍的……就當作沒看見，忘掉它吧。

「小金，那個、這個，房間……對不起……對不起！我、我、我……」

白雪把手機收進胸前，開始下跪道歉。我對她嘆了口氣。

「算了。反正妳已經弄好了。」

而且很多事情我也已經死心了。

「對了，妳剛才說**敵人**。星伽神社正在打宗教戰爭之類的嗎？」

「那……那個……說來慚愧……剛才緋金菖蒲，好像被人偷走了。」

「菖蒲……？啊啊！就是妳平常拿的那把刀嗎。妳把它放在星伽？」

這麼說來，剛才她沒像平常一樣拿著日本刀亂砍呢。

「刀被沒收了。因為我打破了許多條星伽的制約……」

白雪稍微思考了一下。明明是夜晚她還化著淡妝，不曉得是化給誰看的。

接著，沙沙！

白雪拿出碎白點花紋的小手袋，開始把裡面的小東西擺到洗臉台的架子上。

她用拿出來的塗漆粉底盒，手像在打氣動球一樣，把亞莉亞的洋風粉底盒撞到地板上。好過分。

「小金，那個啊，」

她從手袋的深處拿出日本紙和筆形毛筆……開始畫起了圖來。

「我在星伽發現了不好的蟲子。牠們滲透了我們。樣子大概是長這樣。」

不好的……蟲子？

我看著白雪的畫。

白雪畫的好像是甲蟲的樣子……

等等。喂，白雪。

妳的圖……畫……畫得還真好啊。

只用一隻筆形毛筆卻連陰影都畫出來了，簡直就像黑白照一樣。

麻煩妳開個繪畫教室，教一下那個繪畫功力讓人同情的貞德畫伯吧。（註4）

「這個蟲子，好像是——使魔的樣子。」

「使……什麼來著？妳把S研的術語說得好像很理說當然一樣，我聽了可頭大了。」

「啊，那用日本的說法，就跟式神差不多。」

「……我反而更不懂了。話說那個東西看起來像金龜子。」

「嗯。這是聖甲蟲的一種。叫作糞金龜。」

那就是金龜子嘛。

「小金，最近你在身邊……有看過這種蟲子嗎？」

白雪雙手拿起畫好的圖，遮住自己臉蛋的下半部讓我看。

我看到這張圖……想起了很多東西。

「……我有看過。前陣子，我和亞莉亞兩個人去七夕祭典的那天晚上。」

白雪在日本紙上方的雙眼，頓時變得有如刀刃一般——因此我一個咳嗽，打著馬虎眼繼續說：

「蟲、蟲子跑到她的浴衣裡面，所以我幫她把蟲子趕了出來。」

糟糕。

我緊張之餘，似乎說了更不妙的東西——如此心想的我，看了白雪一眼。

4　畫伯是對畫家的敬稱。

她長睫毛的雙眼與其說帶有慍色，倒不如說是一臉嚴肅。

「小金……你暑假的時候要做賭場警衛的工作吧？和亞莉亞一起。」

「對、對啊。」

……我的事情這傢伙真的是無所不知啊。

唉呀，這消息有放在武偵高中的校內網路上，只要是在校生誰都看得見。

「──我也要做。」

白雪的語氣帶著相當強烈的意志，說完把蟲子的圖折了起來。

不是「我可以一起做嗎？」而是「我也要做」嗎。

這種肯定語氣，以白雪來說還真是少見呢。

「……為啥啊。妳的學分沒有不夠吧？」

「啊……嗯。可是那個，那個工作沒有四個人會被退件……我想人數應該還不夠吧。這、這都是為了學分啊，小金。耶、耶、喔──！」

白雪小小地舉起拳頭說。

高昂的情緒似乎在隱瞞些什麼。

這位優等生一遇到學分或成績的事情，就特別有幹勁呢。

不過，人手不足的確是事實。武藤和不知火我還在無視他們，而且這份工作在緊急任務的公佈欄上，也寫了「女性佳」。

「那……白雪妳就在內場負責聯絡吧。那個工作說是警衛只是美其名，其實是當賭場的保鑣。妳不適合當前衛吧。」

成員雖然是慢慢湊齊的——不過，這樣一來就有四個人了。已經達成所需的條件。

可是，一個是動手……應該說是動槍比動口快的亞莉亞。一個是讓人猜不透她在想什麼的機器人蕾姬。還有武裝巫女白雪。最後是我這個E級武偵。要用這樣的組合嗎？

……這次也是一樣，前途堪憂啊。

4彈　分化內鬥

七月二十四日，中午。我來到了台場。

目的是參與公營賭場的警衛工作，補足進級所需的學分。

世間是快樂的暑假季節。然而，我這個貞德口中的問題兒童，卻要參加暑修任務。配槍的賭場警衛嗎。我人生的鈕扣，到底是在哪裡扣錯格的。這個答案我很清楚。就是在亞莉亞那一格。

現在發牢騷也於事無補。

裝扮成ＩＴ公司年輕社長的我，一邊調整爆發戶品味的領帶……同時從AQUA CITY台場（註5）穿過移動步道，進入都營賭場：「台場金字塔」。

賭場在日本合法化已經過了兩年。而修法後隨即建造的第一公營賭場，就是這間「台場金字塔」。外觀正如其名，是一個巨大的金字塔型建築，外層全採用玻璃帷幕，在盛夏的陽光下稍微有點刺眼。

我所讀的資料上說……這個「不知從哪個國家漂流到日本的巨大金字塔型廢棄物」，在幾年前一時還成了新聞話題，都知事因此得到了靈感，命人把它設計成金字

5　位於台場的一間大型購物中心。

塔……云云。

我穿過自動門走入開著空調的建築物內，來到入口大廳。廳內有一座雷射光點綴的彩色噴水池。穿過那裡往前走……便是賭場大廳。

「麻煩幫我換籌碼。今天有一隻藍金絲雀從窗戶外跑了進來。我肯定鴻運當頭啦。」

我在兌換櫃台說出暗語，把一千萬元的假鈔換成五顏六色的籌碼……稍微有點傲慢地走進賭場（這是演技上的需要）。

賭場大廳的入口附近，擺放著能夠便宜享樂的吃角子老虎機。觀光客和年輕人們像在街角玩柏青嫂一樣，拼命想把櫻桃、鈴鐺和數字7等圖案湊成一組。

一樓是海邊賭場，為突顯出其特色，大廳的周邊圍繞著和大海相連的游泳池。

像水渠一樣的游泳池不是用來游泳，而是為了讓穿著兔女郎裝的女侍，能夠騎乘電動水上摩托車快速移動。

「請問需要飲料嗎？」「這裡提供雞尾酒、威士忌和咖啡，全都免費暢飲。」「需要飲料的客人，請呼叫身旁的服務人員。」

這樣遠遠看上去……她們工作的景象也滿有趣的，就像水黽一樣。

當我看著來來往往的兔女郎時──

拉！

有人冷不防從斜下方拉了我的耳朵。

「你這隻豬哥，看到口水都流出來了！」

宏亮的娃娃聲響徹我的耳邊，一陣可媲美上個月弗拉德的「瓦拉幾亞的魔笛」的衝擊，襲擊了我的鼓膜。

我按著耳朵險些昏倒，低頭一看……

一位綁著粉紅色雙馬尾的女侍，生氣地立起兔耳，雙拳抵在腰際上。

「──喂，亞莉亞。我現在喬裝成客人。妳的舉止要有對待客人的樣子吧。」

我小聲對亞莉亞說。不知為何她的心情十分不悅。

亞莉亞聽到我的話後，哼一聲把頭擺向旁邊。

幹嘛啊。我做了什麼嗎？

「妳……真的能夠扮演好服務生的角色嗎？我開始不安起來了。」

「我扮演得很好。可是，客人不知道為什麼都不找我點東西。」

亞莉亞的嘴巴扭成了「ㄟ」字型，恨恨地環視大廳內的男客。

原來如此。所以妳才會不高興嗎。

嗯……這很正常吧。

我看著身形嬌小的兔女郎亞莉亞，在心中認同說。

前幾天試穿衣服的時候我也有想過，兔女郎裝本來就是成熟女性的穿著。身為高中生的亞莉亞──只看身高的話感覺就跟小學生一樣，穿那種衣服是不會有人氣的吧。

就算她墊了胸墊想要混水摸魚，情況也一樣啦。

這話我要是說出口的話，肯定會被她槍斃。還是先換個話題，免得我說溜了嘴。

「……話說，妳怎麼不騎那個？」

我用下顎示意水上摩托車後，亞莉亞轉頭兇神惡煞地朝我瞪了過來。

「吵死了！」

跳！

刺！

她雙腳一躍，用兔耳的前端刺中我的雙眼。那對耳朵出乎意料地堅硬！

「嗚喔！」

「你明明知道我不會游泳！等一下我就讓你玩開洞輪盤！哼！」

怎、怎麼會凶暴成這樣。兔子應該是一種溫馴的動物才對吧！

我被凶暴兔子刺中眼耳後，立刻往賭場的內部逃竄，移動到警備位置上。

內部是撲克牌和錢輪等高額籌碼賭博區，客層也逐漸變成真正的賭徒。

穿著整齊西裝的男子。一席晚禮服的美女。手持行動電腦，眼片閃爍著光芒的書呆子。也有穿著牛仔褲、一眼看起來就像外行人的傢伙，不過他們的眼神很明顯不是什麼善男信女。

——看來這一帶必須提高警戒。

如此心想的我，帶著銳利的目光四處走動……以確認這裡不會有狀況發生。我穿過擺飾的高級跑車、水晶吊燈下，隨後又走過附有主唱的爵士樂團前方。

接著……

人聲……吵雜……

狀況……好像已經發生了。

有一票人，正聚集在大廳的一角。

（什麼狀況……？）

我照樣假扮成客人，朝人群靠近。

「怎、怎麼會羞答答到這種地步啊……太可愛了……」「這一趟沒有白來啊，不過害我看傻眼輸了不少錢就是了。」「啊！胸部不要擋住！面向這邊！」

男客們如此這般，情緒莫名地興奮。

還有人用手機在拍照呢。

有偶像之類的人來賭場了嗎？

「請、請不要拍攝雞尾酒服務生！」「入口的注意事項有明文禁止！」

在其他兔女郎姐姐的解救下，有一位兔女郎拉下兔耳藏住臉蛋，蹣跚地走出人群。

話說……

那不是白雪嗎。

事情怎麼會成那樣？

半哭泣的白雪沒注意到表情僵硬的我，逃離兩眼變成愛心形狀的男客們，躲進了員工休息室去。

為了不讓其他客人起疑，我隔了一段時間才進到員工休息室。

室內只有白雪一人，正坐在鐵管椅上嘆息。

她穿著兔女郎裝——黑色的高叉泳裝和網襪，兔耳……沒戴在頭上呢。

「白雪。我不是說過妳要做這個工作就做內場嗎？」

白雪聽到我的聲音慌忙抬起頭，

「小、小金……！對不起！對不起對不起！」

她突然開口道歉，一邊慌張地把兔耳戴好，往前一拉。

又把臉藏了起來。

呃，妳只是想要遮臉的話……應該沒必要把耳朵戴回頭上吧？

「因、因為……小金讓亞莉亞穿這個衣服，看起來好像很快樂的樣子，所以我、我才想說，你可能很、很喜歡這套衣服……」

白雪濕潤的黑眼，從兩耳間怯生生地看著這裡。

「那……那只是因為工作上的練習才會穿的。我那個時候其實很困擾。」

話說被高跟鞋踩頭的我，為啥會「看起來很快樂」啊？

白雪牌的過濾鏡，實在太奇怪了。

「我說啊。警衛的工作要是被人家知道我們的身分，那就太不稱職了。這點妳應該知道吧。是有那種故意讓人家知道身分，來預防犯罪的手法啦；可是這次的委託人希望我們秘密行動，不要妨礙到客人的興致。結果妳剛才怎麼會那麼顯眼啊。」

「……那、那個……我也不知道。」

白雪終於把鬆開兔耳，從妹妹頭瀏海下方望著我。

接著，她拿起雙手的食指在臉蛋前互抵……

「我，穿這身衣服很害羞……想說工作的時候要躲開人群，結果不知不覺……身邊就出現了一堆男客人……」

啊啊……原來如此。

看到現在的白雪，我大概能了解其中的原因。

白雪雙膝靠攏以藏住開高叉的大腿，就連討厭女性的我也知道，這個姿勢看上去很受男性同胞的喜歡。

白雪的體型原本就像寫真女星。現在她露出雪白的肌膚，還穿著露半球的超過激服裝。

再加上白雪的個性極度怕生，特別是對我以外的男性。她那誠惶誠恐的態度，在一部分的男性之間也莫名地受到歡迎。我是覺得她那樣會讓我很煩躁啦。

這些部分產生了複合作用……

剛才在大廳內才會出現「把兔子丟進狼群裡」的狀況。

「……是那套衣服不好。從各方面來看。妳比亞莉亞和理子還要成熟，不要穿這種會刺激到男人的衣服。」

我像孩子的爹一樣小聲說完結論後，

「會……會刺、刺激到男人……？我……我嗎……」

這位幾乎沒離開過神社和學校的深閨巫女，臉頰開始泛紅。

接著，她咻一聲……像是在說「我不該被生下來」一樣，肩膀縮了起來。

但是過了幾秒鐘後，她又露出恍然大悟的表情。

搞什麼啊，這一連串的動作。我有不祥的預感喔。

「男人……小……小、小金也是……男人。對吧……？」

白雪鼓起勇氣，踏響黑色高跟鞋，

一手遮住下腹站了起來。

接著她窸窸窣窣，用另一隻手害羞地整理了一下移位的網襪。

「……那，這、這套衣服……小金覺得怎、怎麼樣呢……？」

妳……妳問我的感想嗎。

白雪的雙腳縮成內八字，拼命窺探我的表情。

「要、要是小金喜歡這套衣服的話……工、工作結束後，我、我可以、我可以穿著它……來做上次約定的『事情』……」

白雪的腦中似乎在模擬一些奇怪的事情，雙手放在紅潤的臉頰上，緊閉雙眼。

「上次在救護科的後、後、後……」

兩隻兔耳之間配合著話語，「噗咻！噗咻！」地冒出蒸氣。

總、總覺得員工休息室好像熱起來了。

「妳怎麼了？冷靜點，白雪。妳要是不小心一點的話，會跑出火焰來喔。」

「後、後……後……續……！請享用……追逐兔子，在那座山上……！」（註6）

白雪費了一番功夫才斷斷續續說出『後續』這個單字。為了讓她恢復正常──

「喂！白雪。妳一個人在那邊秀斗什麼啊？」

我抓住她的雙肩，想要搖晃她時，

「要、要現在嗎！現在不行，也不是不行！可是、可是，門、門鎖！」

雙眼成蝸牛形狀的白雪，又像先前一樣發生了過熱的情況。

原因到底是什麼。誰來告訴我啊。

6　追逐兔子，在那座山上：此為日本童謠《故鄉》的歌詞。

「那、那邊邊邊的門要上鎖！」

「喂！好了，快點恢復正常。」

我搖晃了幾下後……

「啊、啊，啊哩咕──！」

白雪莫名其妙發出了可直達天際般的怪異叫聲。

隨後，噗吱！碰隆！

她任由烏黑的長髮飛舞，猛然像斷了線一樣昏厥在地。

這是……新的行動模式呢。她自爆了。不過，我還是老樣子一頭霧水。

「妳……不要緊……吧？」

看起來……應該不要緊吧。

因為她昏倒的恍惚表情，有如置身在天國一樣。

白雪究竟在想什麼幸福的事情呢？我不知道，也不想知道。看來那些內容，對白雪本人的負擔似乎過重了。

人類千萬不能勉強自己啊。

亞莉亞和白雪兩人，似乎不太適合當便衣警衛。

不過，要是因為那樣而被開除的話，我可受不了。這關係到我是否能進級，起碼我自己要把工作做好，於是我往賭場二樓——特等輪盤區移動。

這個特等區的賭金，最低押注金額高達一百萬日幣。

賭局只限持有會員證的有錢人參加，就連觀摩都須額外付費。

因此，這裡應該沒什麼客人……我原本這麼想，然而角落卻有一堆人在觀摩。

似乎有人正在豪賭。

我利用連同這套「ＩＴ公司年輕社長」風的衣服一起送來的會員證進到裡頭，窺看裝飾著動物標本、氣氛豪華的角落。

那裡有一位嬌小的莊家，穿著金鈕釦的背心站在大輪盤台前。

「……」

是蕾姬。

蕾姬敲響宣告賭局開始的鐘聲，像往常一樣面無表情地面向賭桌。

亞莉亞和白雪都穿著高叉兔女郎裝叫苦連天，唯獨這傢伙是穿長褲。

蕾姬……莫非妳懂當賭場警衛的竅門？

「那麼，玩家請下注。」

蕾姬以平坦的語調說完，周圍的觀眾沸騰了起來。

輪盤的規則因賭場不同而略有差異，這裡的規則是玩家先下注，然後在由莊家丟球入盤。

規則明定手球入盤後，賭客不得追加或變更賭金。

「哈、哈哈……這麼可愛又厲害的莊家……我還是第一次遇到呢。我居然不到一個小時就輸了三千五百萬啊——」

坐在輪盤台前的賭客如此說道，賭局似乎只有他一個人在參與的樣子。

「——妳搞不好真的是能夠掌管命運的女神啊。」

女神勒。

這傢伙跟殺手差不多喔。

我在心中吐槽……同時發現這位男客似曾相識。

我在電視上看過他。我沒記錯的話，他是享有「日本比爾蓋茲」盛名的**正牌**ＩＴ公司年輕社長。還跟不同的美少女藝人，傳了一狗票的誹聞。

大家會聚集在這裡，是為了看這位名人嗎？

「……我手邊剩下的籌碼和我輸掉的分一樣，三千五百萬。這些我全部押黑吧！」

年輕社長用充滿幹勁的手勢，「嚇啦！」一聲，把堆積的籌碼全部放到「黑」的位置上。很明顯他是因為連敗而處於亢奮狀態。

籌碼一枚代表一百萬元，一次有三十五枚同時動了起來，讓貴賓席內發出了拍手喝采聲，這樣讓我覺得……可能會出一些小狀況。

「您下『黑』嗎。那麼，這顆手球如果掉到黑色的話，賭金就會變成兩倍。這樣可以嗎？」

蕾姬拿出像白色乒乓球一樣的手球，語氣和表情依舊不動如山。

「好。不過，我不要賭金。要是我贏的話——**我要得到妳。**」

年輕社長的一句話，讓一旁的觀眾譁然。

「因為我是靠占有強運的女性，來得到強運的。」

什麼狗屁。

你這死蘿莉控。

話說……我是不知道你要用什麼方式**得到**蕾姬啦，不過我想她不值三千五百萬吧。

「……」

蕾姬還是沉默不語。

她的神情舉止一如往常。

不過，這樣反而不好。她連一個親切的笑容都沒有，反而會讓周圍的人以為剛才的發言讓她動怒了。眼前的氣氛，就像待會要進行一對一單挑似的。

這樣不管是年輕社長贏，還是蕾姬贏，都會有麻煩。

亞莉亞。白雪。蕾姬。拜託妳們好好工作吧。

……沒辦法。我來行動吧。這也是為了學分。

「抱歉打擾了。這場勝負也讓我參一腳吧。」

我輕輕舉起手，也坐到了賭桌前。

規則上說在莊家宣告下注結束前，任何人都可以參與賭局。

年輕社長的雙眼在髮雕定型的瀏海下，朝這裡瞪了過來。

「你是誰？你的目標也是莊家嗎？」

「我是某間公司的董事，和你們是競爭對手。不過……我的手頭也只有這麼一點籌碼，我們是一間貧窮的轉包公司啦。啊，我的眼中只有賭金而已。」

我聳肩拿出一百萬的籌碼示意，表現的氣氛，就像小型創投企業的年輕社長一樣。

現場飄散出的空氣彷彿在說「有無聊男子跑來攪局」一樣……氣氛些許冷了下來。

不過，這樣正合我意。

這位年輕社長相當亢奮。萬一要是輸了，可能會惱羞成怒鬧起事來。

為了避免狀況發生，這邊我要故意和他一起輸錢。

如此一來，他的羞愧感也會稍微減低，而達到防範狀況於未然的目的吧。

不過，要是這位社長贏的話……我可不管。蕾姬妳自己想辦法擺平吧。

「快點下注吧，小鬼。我不會把她讓給你的。」

你不用讓給我啊。

我下注的地方呢……這個嘛，要是都賭黑色輸掉的話，那就太過明顯了。顏色就賭「紅色」——數字呢？隨便吧。於是，我把籌碼放在我的學號：二十三號的位置上。

這樣的話，擲中的可能性是三十六分之一。肯定會槓龜吧。

「……下注的時間到了。」

蕾姬做出了撫摸桌子的動作，示意參加的時間結束。

接著她轉動輪盤，拿起純白色的手球……

刷！

動作沒有半點猶豫，就像機械一樣丟球入盤。

白球骨碌骨碌地，繞著輪盤的邊緣滑動。

喀啊！喀啊！喀啊喀啊！

接著開始在分隔數字的隔板上跳動。

豪賭三千五百萬的年輕社長，發出嚥唾的咕嚕聲響往賭桌探身。

這邊，我也假裝緊張了一下。

喀啊！喀啊……喀啦啦！

白球停了下來。

「——紅色二十三。第二位玩家的獲勝。」

蕾姬若無其事地說完——

周圍的客人們「嗚喔喔！」地更加熱血沸騰了起來，而年輕社長則猛然趴倒在賭桌上。

「嗚……！」

我的臉整個僵了下來，蕾姬則用T字棒，把社長和我共計三千六百萬的下注賭金，「刷啦啦」地推了過來。

「這位客人請。賠率是三十六倍。」

喂……妳也看一下氣氛吧，蕾姬……

妳剛才絕對是故意丟進去的吧！

沒有人可以自由操縱手球，將它丟進特定的格子中。這是輪盤遊戲的一大前提……不過蕾姬搞不好真的辦得到。

我下注是為了澆熄現場的氣氛，這樣一搞不就等於是火上加油嗎。

「哈哈哈……輸了七千萬嗎。這樣真的很心痛呢。不過我輸了這麼多錢，可愛的莊家小姐，妳好歹把妳的手機號碼……告訴我吧？」

社長抬起頭說。看來他是屬於那種跌倒也不會白摔的類型。

所以他才當得上社長嘛。

話說，你就這麼喜歡蕾姬嗎。真是怪人一個。

「請您離桌吧。您今天還是先離場比較好。」

「唉呀，妳就通融一下吧……要不然信箱也行。」

「各位看官，也請回吧。」

蕾姬無視糾纏不清的年輕社長，對觀眾們說完，

「有一股不好的風，吹進來了。」

接著看著我說道。

不好的，風……？

「至少把妳的名字告訴我吧！」

社長還是不肯罷休，此時磅一聲！

排列在蕾姬身後的動物標本之間——

銀狼宛如一陣疾風，飛跳了出來。

「——！」

那是蕾姬飼養的艾馬基。她讓銀狼躲在那裡嗎。

銀狼以輪盤桌為踏板，飛越騷動不已的貴賓席。

社長一屁股跌坐在地，一百萬元的籌碼和硬幣在他頭上四散飛舞。

我轉頭的同時，艾馬基碰噹一聲！

用身體撞擊從特等區的角落朝這裡跑來的人類——？

「！」

那是……什麼東西！

那是一位——只能用異樣兩字來形容的男子。

那傢伙全身彷彿塗了一層黑油漆般，赤裸著上半身，腰上只纏了一塊褐色的短布。

不過更異常的，是他的頭部。

因為那不是人類的頭。

那是……一種名叫豺狼的狗科動物頭，我和亞莉亞一起看動物節目中曾經出現過。

那傢伙是——人身豺狼頭。

我的直覺告訴我，那不是派對用面具那種小兒科把戲。他那齜牙咧嘴的口部動作，太過自然了。

而且會讓人冒冷汗的地方是——他的手上還拿著一把半月形的斧頭！

為錢而來的強盜……看起來也不像啊。他的目標是這裡的某位客人嗎？

豺狼人徹底吃了銀狼艾馬基的衝撞，鏗鏘一聲！

連同艾馬基一併撞上牆邊的吃角子老虎機，幾乎將機器撞成了兩半。

機器的周圍硬幣四處飛散，並且迸出漏電的閃光。

「這……這是什麼餘興節目啊！」年輕社長大叫。

「我還真希望是餘興節目呢。」

不過當他看見我脫下領帶，拔出手槍後，隨即發出不成聲的悲鳴逃離現場。

其他的客人也跟在後頭，爭先恐後地逃了出去。在他們身旁——

被艾馬基咬住脖子的豺狼人，猛然起身。

難……難以置信。

我曾經和牠交手過所以我知道，艾馬基的體重相當於一輛摩托車。更讓我難以置信的是，那傢伙奮力地左右甩頭，就讓艾馬基鬆口摔在地板上。

緊接著，當意識朦朧的艾馬基想要起身時——

豺狼人看向這裡，紅眼和斧頭發出了光芒。

他的目標……是我們嗎？

「請小心，金次同學。那個不是人類。」

這用看的也知道，我聽到蕾姬的話露出苦笑的同時——

有一位兔女郎從客人們逃走的樓梯，逆向跑了上來。

「……蟲人偶……！」

女性雙眼圓睜，如此稱呼和我對峙的豺狼男。此人正是白雪。

「小金，快逃！碰到他體內的東西會被詛咒！」

白雪喊著某種S研的專業術語，立即將手繞到身後，做出拔刀的動作……

然而，過去總是隨身攜帶的銘刀緋金菖蒲，卻不在她的身後。

那把刀被白雪的老家沒收，之後又被不明人物給偷走了。

白雪一個皺眉，旋即把手伸進兔女郎裝的尾巴處，拿出了幾張紙片，不對，是符咒。

「伍法緋焰符——」

呢喃了幾句後，白雪將符咒一撒——

飄散的符咒在她前方凌空排成了一個橫列，轟隆一聲同時冒火燃燒。

「小金趴下！」

白雪大叫，左右的手背啪一聲合起。

化成火球的五張符咒與其相呼應，像照明彈一樣朝豺狼人逼近。

當敵人回頭時——火球避開對方的視線往五個方向飛散，各自劃出了一道曲線不讓敵人有機會閃避……磅磅磅磅磅！

有如火焰放射器似地，讓敵人受到火焰的紋身！

「嗚……！」

室內瞬間被橘色的光芒籠罩，讓我壓低了身體。然而……

「——沒用的。**那個東西**八成不怕火。」

蕾姬的短髮被熱風的吹晃，拿出藏在賭桌裡的德拉古諾夫狙擊槍。

正如蕾姬所言……

豺狼人踏著沉甸甸的腳步走出白煙，往白雪的方向走去，看上去幾乎沒有受到傷害。

S研方面的東西不是我的專長；不過我聽亞莉亞說過，超能力中有一種非常複雜的

「屬性」問題。屬性在遊戲中被簡化成四到五種左右，不過超能力者之間所使用的術，系統概念雖和遊戲相同，但在分類上卻多達七十到八十種的屬性和相性，極其複雜繁瑣。

有人把「屬性」當成一門學問在研究，用最簡單的方法來說，其實它就像是一種複雜的猜拳。屬性相生相剋。而有時候某種屬性受到某種屬性的攻擊，會完全無效。現在就是那種完全無效的感覺。

這種事情……白雪應該知道才對。

「過來，傀儡！**我不會讓你碰小金一根寒毛的！**」

白雪柳眉倒豎，喀答一聲踏響高跟鞋，擺出了開手架式（註7）……看來她是**明知道**這一點，卻想要獨自迎戰敵人。

「……」

蕾姬架起德拉古諾夫——卻沒有立刻開槍。

我也拔出手槍，但隨即發現從這個角度難以施展掩護射擊。

因為白雪和我們包夾著豺狼人，要是子彈貫穿或打偏，很有可能會擊中白雪。現在的白雪似乎就連這一點都無法判斷。

白雪——妳為什麼每次遇到我的事情，都會失去冷靜啊！

7　開手為空手道架式的一種。

豺狼人朝白雪猛撲了上去，手中的斧頭一揮。

「——喝！」

白雪躲過斧頭，用二指貫手刺向對方的眼睛——

然而，刷！

豺狼人以媲美拳擊手的速度躲開攻擊，並用掌底回擊白雪的下顎。

「——！」

白雪膝蓋內縮，原本就有些內八的小腿肚左右外開……倒撞在牆壁上。

蹦搭！她的兔耳朝向我們，脖子前傾倒地。

那是會引發腦震盪的摔倒方式。她無法立刻站起來了。

「白雪！」

豺狼人打算給白雪致命一擊。我踏出腳步，打算向他發動近距離手槍戰。

然而，蕾姬卻抓住了我的袖子。

她跳到賭桌上，單膝跪地，

「金次同學，借你的肩膀一用。」

磅！

語畢便把我的肩膀當成槍座，扣下德拉古諾夫的板機。

啪！子彈貫穿了豺狼人的肩膀——鎖骨一帶，在大廳的牆上開了一個洞。

現在白雪的頭低了下來，因而形成了一條安全的射擊線。
衝擊讓豺狼人扭身倒地，此時終於從朦朧狀態恢復的銀狼，用銳利的牙齒一口咬住他。緊接著，豺狼人的頭和脖子等地方，又被銀狼一陣亂咬——
最後手腳癱軟無力……刷一聲！
彷彿溶解一般，變成了黑色的沙子——看起來好像是鐵沙。
艾馬基愣住站在沙子上，連我也不由得懷疑自己的雙眼。
（這……這是怎麼回事啊……！）
此時，我因槍聲而耳鳴的耳朵，聽見昆蟲嗡嗡嗡的振翅聲。
「……？」
因為沙子當中——跑出了一隻黑色金龜子。
我、我一頭霧水。完全搞不清楚狀況。
不過，待會再來思考。現在要先替白雪急救！
「金次同學，不能往前走。那隻蟲子很危險。」
「危險？蟲子又怎麼了，現在要先救白雪……！」
我說，但蕾姬卻用小手抓住了我的袖子。
放手！我叫妳放手！
搞什麼啊……！

黑色金龜子彷彿在躲避蕾姬的視線……從窗戶逃了出去。

「金次同學。」

蕾姬的聲音沒有陰陽頓挫——但卻帶著緊張感。

我轉頭一看，

她喀答一聲在狙擊槍的前端，槍管的下方……裝上了一把刃長二十公分的刀子。

那是一把格鬥刀形狀的**刺刀**。

德拉古諾夫狙擊槍是以俄羅斯的突擊步槍為基礎設計而成的步槍。遇到緊要關頭時可在前端加裝刺刀，當成長槍來使用。

可是……現在有上刺刀的必要嗎？

「我們先用接近戰減少敵人的數量，然後換一個地方吧。這裡不適合狙擊。」

「減少……敵人的數量？」

妳和艾馬基不是才剛打倒敵人嗎？

「我的子彈只剩下四發。敵人的數量比我的子彈還多。」

我追尋蕾姬的視線往斜上方一看——

「……！」

隨即體會到「不寒而慄」這句話的意思。

眼前奇異的光景，讓我有如凍結一般無法動彈。

絢爛的水晶吊燈後方，大廳的天花板上，有好幾個和剛才一樣的豺狼人貼在上頭。大略看了一下，十隻跑不掉。

我轉頭……看著身穿莊家服裝、手拿刺刀槍的蕾姬。

我待在強襲科時，曾經和蕾姬去過事件現場好幾次。

可是，我從沒看過她被捲入近身戰當中。

狙擊手本來就不適合近距離戰鬥。因為他們是擅長遠距離攻擊的專家，所具備的技術及知識和我們強襲型的武偵完全不同。

我很難想像蕾姬的纖細手臂，能夠和這些怪物們近距離交鋒。

（白雪……！）

白雪還處於昏迷狀態，我要馬上去救她才行。

但是——我要怎麼穿過他們的下方呢？

這群傢伙閃爍的紅眼連成了一列，正盯著這裡看。

他們放著白雪不管……看來是打算等我或蕾姬過去營救時，在一鼓作氣發動攻擊吧。看來他們沒有豺狼那麼笨。

這下該怎麼辦……該怎麼辦才好。

不知道……我不知道，**憑現在的我……！**

——磅磅磅磅！

兩把柯爾特 Government 的開槍聲！

兩、三個黑色豺狼人彷彿被閃爍的槍口焰掃落一樣……

碰碰兩聲從天井上掉了下來。

「喔——又是**這種類型**嗎？」

一位嬌小的兔女郎……用娃娃聲呆然地說道。

是亞莉亞！

走進大廳的亞莉亞，又對腳邊的敵人開了兩槍，把點四五ＡＣＰ彈打入他們的體內，粉紅色的雙馬尾因為反作用力而跳動。

她處理的方式，就像在掃地一樣輕鬆。

這……這種和怪物交戰的場面……她很習慣呢。

「喂！笨蛋金次，你在發什麼呆啊！」

兔子亞莉亞「吼」地露出讓豺狼人相形見絀的犬齒，高舉雙手全力射擊天井的敵人，並無所顧忌地走到大廳的中央。

豺狼人像蟑螂一樣，沙沙沙地往天井的四面八方逃竄。

……兔子和豺狼的關係，現在完全逆轉了。

「這種情況下不要等敵人下來，要自己衝上去！」

亞莉亞把凳子和賭桌當成跳台縱身一躍，抓住了天花板上的巨大水晶吊燈。

接著雙手持槍，爬到燈具上。

「蕾姬！」

磅！鏗鏘！

蕾姬的子彈在亞莉亞的呼叫下，掠過了吊燈金屬部分。

這股衝擊讓載著亞莉亞的吊燈，像旋轉木馬一樣骨碌骨碌地開始轉動。

磅！磅磅磅！

亞莉亞化身成旋轉砲台，開槍不停射擊天井上的豺狼人。

鏗啷啷！啪答！刷！

在我的身旁——彈殼、流彈、牆壁的碎片，甚至連中彈身亡的豺狼人，也接連不斷地掉了下來！

「喂、喂！亞莉亞！」

好一個淺顯易懂，應該說魯莽的方法啊，亞莉亞這丫頭。

她完全不在乎我們煩惱的屬性和射擊線之類的問題！

磅！

我聽見槍聲後環視賭場大廳，蕾姬不知何時跑到白雪身旁，拿著上了刺刀的德拉古諾夫開槍射擊。

亞莉亞打落的豺狼人當中，有一些還想要起身，因而成了蕾姬的攻擊目標。

有一隻掉到我身旁豺狼人也想要爬起來，因此——

磅！

我不得已只好先用貝瑞塔射擊他的膝蓋，使他無法動彈。

倒地的豺狼人和大多數被亞莉亞擊中掉落的傢伙一樣……刷一聲變回了鐵沙……隨後從沙堆當中，飛出一隻金龜子。

我走到大廳中央環視四周，豺狼人只剩下兩隻。

而且都落在地板上。

磅！

蕾姬一槍打中水晶吊燈的鎖鍊……鏗鏘！

燈具連同亞莉亞一起落下，壓扁了其中一隻，最後來只剩下一隻了。

最後一隻在我們三人的包圍下——

「喔喔喔——！」

發出了像號角般的長嘯，撞破窗戶往屋外逃竄。

水晶吊燈變得像一個裝飾蛋糕。坐在上頭的亞莉亞猛然站了起來。

「真是的。我好不容易才讓客人逃到外面，要是讓哥雷姆（Golem）也逃掉的話——

那就糟糕了。」

喀嚓！喀嚓！

她不知從哪拿出彈匣，裝進了漆黑和白銀色的Government中。

「哥雷姆……？這些沙人叫那個名字嗎？白雪剛剛好像叫他們蟲人偶——」

「你不知道還跟他們交手嗎？你這個吊車尾！給我回去重讀小學！」

回去重讀小學也不會教這種怪物的事情吧。

「那些東西在日本叫人偶、式神、土偶、陶俑。在歐美叫哥雷姆、巫毒。換句話說就是用稻草、紙片、沙子或石頭製成，能夠用超能力控制的玩偶啦。」

亞莉亞在頭頂上嗶嗶嗶地晃動手指，想表達電波的意思。

聽她說明得如此簡單，那些怪物給人的毛骨悚然感整個就弱掉了啊。

「簡單來說，就是用遙控操縱的怪物嗎。」

「對。唉呀，你還滿冷靜的嘛，金次。」

「……我只是習慣了而已。悲哀啊。」

「那麼——」

亞莉亞露出游刃有餘的笑容，

「——我們上吧。」

我無可奈何地接著說道。

接著我送上貝瑞塔的滑套，將子彈送入藥室，準備進行追擊。

白雪就交由蕾姬照顧，我從窗戶觀察敵人——驚見從金字塔斜面滑下的豺狼人……竟然在**水面上奔跑。**

這怎麼可能！我如此心想，但要超能力者的僕人遵守常識也沒用吧。

該怎麼追擊他才好……我瞬間閃過這個念頭，然而答案就在一樓。

目前已經避難的兔女郎們，所乘坐的水上摩托車。

我事前有拿到賭場的示意圖，已經掌握了這裡的地理環境。圍繞在一樓的游泳池是與大海相連。就利用摩托車在海上追擊他吧。

上個月和蕾姬追蹤銀狼時，也曾經做過騎乘戰鬥。雙載戰鬥時操縱手在前，攻擊手在後。照常理來思考——應該由我來當操縱手，亞莉亞當攻擊手。

如此思考的我，跨上了浮在泳池旁的水上摩托車，

「我們追。亞莉亞快上來。」

並對跟上來的亞莉亞大叫。

「沒……沒有救生衣嗎?·至少也要有游泳圈，還有戴在手上的小游泳圈……」

然而，亞莉亞卻拖拖拉拉地不願上車。

我皺起眉頭——看到亞莉亞僵著臉凝視水面，這才想到一件事情。

對了。這傢伙是隻旱鴨子。

可是要騎這輛水上摩托車，必須要用雙手。說什麼都需要攻擊手。

讓她和蕾姬換嗎？不——不行。那傢伙剛才說自己手邊的子彈不夠用。

「那妳坐前面，我坐後面！」

我急躁了起來，一邊往後座移動，並且拉了亞莉亞。

「嗚呀！」

亞莉亞發出像小孩般的娃娃聲——

明明只要一個輕跨就能站到水上摩托車的踏板上，可是她卻失敗了。

她的腳似乎鉤到了什麼零件，水上摩托車突然一個猛傾。

「妳、妳幹嘛啊！」

我第一時間抱住亞莉亞的蠻腰，把她拉了過來。

亞莉亞**前後顛倒**，跨坐在操縱席上，

「嗚啊啊啊啊！」

立刻用無袖外露的雙手，緊緊抱住了我。

有……那麼可怕嗎！

還有妳坐反了。妳這樣背對龍頭，是要誰來騎車啊。

「金、金次！」

亞莉亞使勁吃奶的力氣緊抱住我的身體，甚至連跨坐在位子上的雙腳也夾了上來。

她緊緊纏住了我。就像一隻在爬樹的無尾熊一樣。

「喂、喂！」

我想要扳開亞莉亞，但她反而連頭都貼了上來。

嗚嗚！這、這頭粉紅色的頭髮還是老樣子──有一股酸甜的香味。

我避開頭髮，觀察亞莉亞的臉蛋。

亞莉亞就像一隻真正的小兔子般，瑟瑟發抖。連眼瞼也顫抖不停。

「金、金次，不行，不行。我、我……」

她情緒激動，用淚眼抬頭看我，那張像人偶般可愛的臉蛋──讓我在內心咂嘴。

亞莉亞，妳……！

妳這樣雙劍雙槍的外號可是會哭泣啊。竟然、竟然……發出那麼可愛的聲音──還、還露出如此可愛的表情！

（嗚……！）

亞莉亞如同穿著泳裝，現在有如小兔子的她，和她剛才勇敢的模樣產生了差距。我在她的擁抱下，又意識到這份差距，最後──

我再一次進入了。

──進入爆發模式。

這次進入的速度也很快啊。不知道為何對象是亞莉亞的時候……血流就會飛快往身體的「中心」聚集。讓我無法採取十足的應對來避開爆發模式。

這是為什麼啊？

「亞莉亞。」

亞莉亞的耳朵恰好在我的嘴邊，我正在用低沉且溫柔的聲音——對她呢喃。

嗚嗚。我好噁心啊。

「要不要打個賭啊。」

我一邊耳語，同時確認水上摩托車上的速度錶和數位時鐘。

這輛摩托車——速度很快。從豺狼人奔跑的速度，來計算他進入射程範圍的時間……剛才我只顧著著急，其實時間上綽綽有餘。

「打、打賭……？」

亞莉亞問道，她抱住我的手依舊輕微顫抖。

就是這樣，亞莉亞。

先來想一下其他的事情，來消除心中的恐懼。

「現在是五點五十七分。三分鐘以內——六點以前如果能打倒那隻豺狼人的話，**我就把自己送給妳**。」

「什、什什、什麼啊！」

「相對的……要是超過時間的話，我就可以**得到亞莉亞**。」

我用稍微明確且強硬的語氣說完——

亞莉亞紅紫色的大眼瞪得像銅鈴一樣。

「你、你、你又開始說一些奇怪的話了！咦……等、等等？誒，這樣，這樣都是你賺到嘛！」

我不知道亞莉亞是如何解讀我的意思，只見她白皙的臉頰逐漸染成了粉紅色。

然後轉眼間越來越紅通。

「妳說我『賺到』？怎麼會？哪裡有？妳說看看？」

我每說一句話就朝亞莉亞的臉龐靠近，繼續追擊。

亞莉亞看著我逼近的臉，口中囁囁嚅嚅，焦躁度逐漸上升。

她似乎想說什麼，但話卡在喉嚨裡只發出了支吾聲。

「呵……我開玩笑的。亞莉亞還是老樣子，很有捉弄的價值呢。」

我苦笑說。亞莉亞的嘴巴一張一合……

隨後柳眉倒豎，朝我的太陽穴打出一記銳利的小鉤拳。

啪！

我以爆發模式的反射神經，接住這記零距離、沒有體重加成的拳頭。

「漂亮的打擊技呢。好了……妳已經冷靜下來了。」

我用另一隻手，抓起亞莉亞纏在我背上的網襪小腳——有如跳舞一樣，讓她的身體轉了半圈，面向前方。

順帶用雙手從後方控制她的小手，溫柔地讓她握住兩邊的操縱桿。

「不怕、不怕。有我在妳身邊。所以——不可怕，對吧？」

我在後座像個黑子（註8），操縱著人偶亞莉亞——反覆開口像在下暗示一樣，想讓話語深深植入雙馬尾的腦中。

早就連耳根都紅透的亞莉亞……

低著頭用瀏海藏住眼睛——一邊點頭回應。

點頭！點頭！

感覺像在做簡單的回應一般。

「亞莉亞。戰鬥就像賭博一樣。那些豺狼人把自己當成了賭金向我們挑戰，結果落敗了。然後現在又不肯付錢打算逃走。」

我握著亞莉亞的手，按下水上摩托車的發動鈕。

轟隆隆……引擎發出有如大型速克達般的聲響，開始轉動。

「我們要他付出代價。我的個性不會同情落敗者。當然，『六點以前』的打賭……要是亞莉亞輸的話，我也不會同情妳喔。」

8　全身穿著黑衣的人偶操縱師或工作人員。

誒、誒、誒！你、你不是說那是開玩笑的嗎？亞莉亞說。我冷酷地無視於她。

「衝吧，亞莉亞。輪盤正在轉動。白球已經入盤了。」

「……兩、**兩個都是**，啊。」

亞莉亞終於抬起頭，瞪著大海微慍說。

「兩個都是？」

「平常的金次也是！現在的金次也是！兩個都是笨蛋金次！」

接著，亞莉亞用力轉動油門。

冷不防馬力全開。

水上摩托車穿過短短的水路，從金字塔來到了海面上。

豺狼人丟掉了斧頭，四肢貼海奔跑就像一頭貨真價實的野獸……速度比兩條腿的時候還要快；不過這段距離，在他渡海之前我們就能追上他。

亞莉亞的操縱——可說是油門全開到自暴自棄的境界。速度全開也要適可而止。用摩托車來比喻的話，我們現在就等於翹著前輪行走一樣，衝破海浪筆直朝敵人逼近。

亞莉亞這孩子不管做什麼事情，都直來直往到大快人心的地步。

我撩起些許沾濕的瀏海……

用肉眼確認對方已經進到射擊範圍後，

「——前方禁止通行。」

磅！

呢喃一聲射出的9mm帕拉貝倫彈，命中了豺狼人的腳跟。

敵人因為跑動的衝勁在水面上摔倒滑行，濺起了白色的水花……

同時沉入了海中。

接著，一隻在沉沒瞬間逃出的金龜子，往空中的某處飛去。

亞莉亞的油門催得相當猛，要是以普通的煞車方式可能會撞上對岸的遊艇碼頭，因此——刷刷刷刷刷！

她讓摩托車側轉，像噴水池一樣捲起海水，停了下來。

刷刷……刷刷……！

亞莉亞做出的波浪，逐漸恢復平穩……

當我注意到時，水上摩托車似乎因為停車的方式太過胡來，引擎已經不動了。

真倒楣啊。居然在這種地方突然熄火。

我側眼看著夕陽下閃爍的東京灣，將貝瑞塔收回槍套中。

我不知道那些哥雷姆為何會襲擊賭場和我們……

不過，這件事情算是暫時落幕了。

「亞莉亞，我們回金字塔吧。我想操縱人偶的超能力者應該不會自己跑出來吧……

而且我也很擔心白雪。」

我對亞莉亞說……但她似乎充耳不聞。

她不知為何低著頭，看著龍頭上的數位時鐘不停發抖。

「……妳又開始害怕了嗎？」

我溫柔地將手放到她白皙的肩膀上。

「喵呀！」

亞莉亞突然像兔子跳一樣，從摩托車的座位上跳了起來。

怎麼了？

「三、三分鐘過了！現在已經超過六點了！」

亞莉亞站在踏板，踏著高跟鞋逃到水上摩托車的前方。

「……？」

「現、現、現在不行！」

亞莉亞的眼神莫名惶恐地著我，讓我不禁露出了苦笑。

看來，她還在介意我剛才說的那個「**打賭**」。

「亞莉亞。水。」

我指著她高跟鞋的腳邊。

亞莉亞的雙腳讓大海不停晃動，她看了腳邊一眼，嘴巴顫抖露出慌張的神色。

接著……

她像螃蟹一樣橫著走，移動到後座的尾端。

並且抓住我的雙肩，輕推我的肚臍一帶，把我向前推。

她是想說：你來騎，是嗎？還順便坐到不用看見我的臉的位置。

「話說……亞莉亞。」

我再次發動水上摩托車的引擎，對亞莉亞說。她現在的姿勢，和前陣子腳踏車雙載的時候一樣。

「——妳剛才說『現在不行』對吧？」

「誒、咦、啊！嗯。不行，當然不行。」

「那『等一下』呢？」

「誒！」

亞莉亞挺直了腰桿。扶我肩膀上的手，如此告訴我。

「『等一下』的話就可以吧？」

我露出從容不迫的笑容，轉過頭去。

「我我我我我沒有輸！是你輸了！我沒有輸啊！」

「可是時間已經超過六點了吧？」

「沒沒沒沒人說是東京的六點吧！倫敦現在還沒六點！」

腦中一片混亂的亞莉亞，編出了牽強的理由拒絕**履行**打賭。

「——那是我輸了。照約定『我把自己送給妳』。」

亞莉亞發出了好像舌頭卡在喉嚨裡的聲音。

哈哈！繼續讓她傷腦筋下去，好像太可憐了。

這邊要改變方針——不要對落敗者窮追猛打吧。

「話說回來……到底是誰在命令那群豺狼人啊。我完全想不到呢。」

我改變話題，一邊讓水上摩托車筆直前進。

亞莉亞似乎想趁這個機會把打賭的事情含糊帶過，馬上回答說：

「大……大概是埃及的國粹主義者所雇用的超能力者了吧。埃及的愛國人士從以前就因為法老王的木乃伊和靈柩被拿到博物館出展，還有神殿的石柱被帶到巴黎和羅馬之類的事情而感到很憤怒。這、這點小事情你也學一下吧。」

她開始針對自己最擅長的國際犯罪做講解。

「這裡也一樣，把金字塔變成了賭場……在他們眼裡，這是一種非常冒瀆的行為。他們的怒氣我也不是不懂啦，不過暴力是不對的。嗯。」

妳有資格說這句話嗎。

我苦笑的同時，腦中不知為何……

『夏天這個季節——會讓男女之間的關係大有進展喔。』

突然想起不知火前陣子說過的話。就在此時——

磅啷——！

遠方傳來雷鳴般的聲響。

槍聲……

是嗎……？

聲音夾雜在海浪聲中，我聽不太清楚。

「金次——第二槍你要小心喔……」

亞莉亞略帶嚴肅的聲音——

從身後傳來。

「第二槍？」

「嗚……」

「怎麼了？」

我操縱著水上摩托車，正要轉頭時，

「——我好像……中槍了……」

亞莉亞抓住我肩膀的手，鬆了開來——

我回頭的同一時間，亞莉亞的粉紅色雙馬尾在夕陽中閃爍，身體大幅扭曲。

兔女郎裝大膽地開了V字的背部，

有一道剛被擊中的槍傷，恰好和亞莉亞身後的彈痕重疊——

正噴散出有如紅花般的鮮血！

「亞莉亞？」

全身癱軟無力的亞莉亞，有如慢動作一般，從後座往海裡……撲通一聲！

「亞莉亞！」

跌入海中！

亞莉亞她——

被人狙擊了！

這裡是沒有掩蔽物的大海。視野也很良好。

狙擊手在這塊空間中，從任何角度都能狙擊我們。

我們被那群跑來送死的豺狼人，**引誘**到這裡。

大意。實在太大意了。我們太疏忽了！

我也一樣。

難得變成爆發模式——卻滿腦子都在顧慮女性而缺乏注意力，這個缺點這次反被敵人給利用了。

不過後悔和反省待會在說。現在當務之急——

——亞莉亞！

要先救完全沒有浮出水面的亞莉亞！

我咬牙切齒，讓水上摩托車回轉——

「！」

眼前出現的景象，讓我瞠目結舌。

因為剛才的碼頭處，不知不覺間……漂浮著一艘奇特的船隻。

——那很明顯，不是現代的船。

金銀裝飾的細長船體，L形彎曲的船首和船尾，像柱子一樣指向天際。

船上有六個豺狼人，整齊地拿著長達五公尺的船槳。

甲板的立方體船室上，裝飾用的寶石於夕陽中閃閃發光。

而船室的屋頂上——

有位瀏海修齊的美人，穿著會讓人誤以為她一絲不掛的過激服裝站在那裡。

高聳的鼻子。眼角細長看似自尊心極高的雙眼。她戴著大圓圈形的金耳飾，額頭上還有一頂眼鏡蛇形狀的黃金頭冠。

胸前的布料上嘩啷嘩啷地佈滿了密密麻麻的黃金裝飾。腰際垂下了一條用細金鍊固定、像腰帶一樣的絹布。

那位女性踏出穿著高跟涼鞋的腳——

用塗了深紅指甲油的修長手指，架起施了沙漠迷彩的WA2000狙擊槍，瞄準了我的腦袋。

——中計了。

手槍對狙擊槍的戰鬥，就如同長劍對長槍一樣。

若是零距離當然是容易回轉的手槍有利；但若距離拉長，就拿狙擊槍沒轍了。因為就算可以開槍，子彈也無法命中對方。這點就算是爆發模式下的我也一樣。手槍就是這種武器。

——無技可施了。

現在就連跳水逃生也來不及吧。

啊啊！

我要在這種地方，

以這種方式，

為人生——畫下句點嗎？

就這樣中了身分不明的犯罪者所設下的陷阱，連伙伴也被狙擊，最後無力回天的情況下——

——咻！

突然一顆超音速的子彈，**命中了女性的額頭**。

過了一瞬間，身後的遠方才傳來砰一聲的槍響。

轉頭一看，金字塔敞開的玻璃門旁——蕾姬採用能增加安定性的臥射，正把德拉古諾夫狙擊槍的槍管對準這裡。

蕾姬。

這位狙擊科的天才兒童，注意到狙擊槍的槍聲後，立即移動到門邊，找出數百公尺遠外的敵人，採取臥射，判讀風向，調整狙擊鏡，瞄準——開槍反擊。

這段時間，只有短短七秒。

也就是說這一連串的步驟，她都是在一秒之內完成。

她的臨機應變的技巧，我除了感嘆兩字外，實在找不到其他言語來形容。

但是剛才的射擊，很明顯違反了武偵法。

她射殺了敵人。

——武偵法第九條。

武偵即便是自己或同伴有生命危險，也不得開槍殺人。這是持有槍械者被賦予的責任和義務。

那傢伙說過子彈只剩下四發。我用爆發模式下的腦袋，計算記憶中的槍聲……現在這一槍是她最後的子彈。

所以她必須確實殺死敵人，這點我能明白。

然而，當我冒著冷汗回望女性時……沙、沙沙……

女性的身體正逐漸變回沙子，埋住了自己的狙擊槍。

那也是沙人偶嗎！

裝飾在女性身上的金銀珠寶等裝飾品，隨著身體的瓦解慢慢散落在地。

這有如惡夢般的光景……快讓我的腦袋失常。

不過——

惡夢並沒有因此而結束。

因為對我來說更——不，應該說是最不想看到的惡夢……從船室裡走了出來。

穿過夕陽下閃爍的寶石瀑布，出現在我眼前的人是——

……大……

大哥……！

「——！」

我驚訝之餘，連他的名字都叫不出口。

我的大哥……！遠山金一武偵，就站在那艘奇特船隻的甲板上！

大哥從休眠中醒來，還沒裝扮成加奈的模樣，以男性的姿態站在那裡。

他不是沙人偶。

這點我很清楚。不光是因為我們是兄弟的關係。

那道殺氣。

光是一個瞪眼，就能讓所有的罪犯畏縮的強大殺氣……肯定是大哥沒錯。

大哥休眠後自律神經會失常，無法自行調節體溫。因此在這盛夏中，他依舊穿著漆黑的外套，從上到下一身甚至連薄手套也是黑色系。唯一顏色不同的是——覆蓋在頸部周圍像鬃毛一樣的白色毛皮和稍微敞開的胸口，以及臉部。

那一身彷彿死神般的外形……加上那張臉孔。

大哥能化身成絕世美女，男性的模樣當然也十分美形，足以讓演員和藝人自嘆不如。

那張毫無破綻的端正五官，反而飄散著一種難以言語的恐怖感。

「我——做了一個夢。」

大哥以男性的語氣、聲音低沉，對我說道。

「在長時間的睡眠當中，『第二個可能性』得到實現的夢。可是……」

大哥帶著蔑視的氣息，正面看著我。

「金次——我很遺憾。佩特拉這種程度的角色，都能讓你們大意失荊州，『第二個可能性』已經沒有了。那場夢，不過是一個夏夜之夢罷了。」

大哥的長髮在海風中飄逸，目不轉睛地看著我。

「……大哥！我搞不懂！『第二個可能性』是什麼！佩特拉又是誰！為什麼……你會在射擊亞莉亞的傢伙的船上！」

我大叫。

「這艘是『太陽船』的仿造品。古代就是用這種船運送法老的木乃伊到位於海邊的金字塔。妳想要用這艘船迎接亞莉亞……這是妳的計畫吧？佩特拉。」

大哥對——**大海**說道。

從海中……

嘩啦……

嘩啦啦……

一樣又會讓我懷疑自己雙眼的東西，浮了出來。

那是一具……裝納死者的靈柩。

而且也是用黃金製成的。

外觀不是四角形，而是人形。歷史的教科書上有介紹過。這是古埃及人用來裝納皇家和貴族的聖棺。

海水自斜傾的靈柩中逐漸流出——

亞莉亞……！

癱軟無力的亞莉亞，被裝在裡頭。

海面上又出現了一塊用來蓋住靈柩的黃金棺蓋。

不僅如此，還有一位女性用左右手各拿著靈柩和棺蓋，也浮了上來。**是剛才射擊亞莉亞的女人**。

她完全沒有使用浮筒，彷彿像在坐電梯一樣。

「——不要隨便叫妾身的名字，遠山金一。」

半裸的女性和剛才的沙人偶一樣，身上裝飾著金銀珠寶。

她在頭上碰一聲，把裝有亞莉亞的黃金靈柩和蓋子闔上。

接著用一隻手指，將看似有一噸重的靈柩輕鬆丟到船隻上。

咚隆……！

豺狼人全跑去接靈柩，有幾隻成了靈柩的墊背。

女人正眼也不瞧一下，臉上浮出妖豔的笑容看向這裡。

「二．九學分嗎？你想要的東西代價很高喔，小鬼。」

——這傢伙。

她肯定是操縱豺狼人的主謀者。

「那種低賤的東西妾身不懂，不過交給僕人們去做——還挺容易的嘛。單位那種東西，大致上就是跟金錢或地位有關吧。把它拿來當誘餌，你看。你們三兩下就跑來這裡。跑到這座能夠讓妾身的力量無限增幅的金字塔旁邊，還帶著亞莉亞這個最高級的伴手禮。亞莉亞也真**不幸**啊。那條小船居然會在這種地方故障。多虧如此，妾身才能精準地瞄中她的心臟。齁齁！不枉費我事先詛咒了她。」

女人宛如理所當然地站在水面上，手背抵在嘴邊發出愉悅的嘲笑聲。

齁齁！齁齁齁！

「——妾身詛咒的對象，絕對會滅亡。那個覬覦伊・幽第一寶座的礙眼弗拉德，也是因為被妾身詛咒……所以才會那麼簡單就栽在這種小ㄚ頭手上。喀喀喀！」

女人回想的同時發出笑聲，並緩緩登上大哥稱之為「太陽船」的細長船隻上。她沒用梯子，動作就像在爬一座看不見的樓梯。

（伊・幽……！這傢伙也是伊・幽的人嗎！）

我在爆發模式下的腦袋——將至今發生的事情一口氣拼湊了起來。

我不夠多少學分會公佈在武偵高中的公佈欄上。然後，這傢伙準備了讓我可以賺取不足學分的工作。

就這樣，我在不知不覺的情況下——巧妙地被騙來這裡。

還很周到地，把伊・幽的仇敵亞莉亞帶了過來。

這個女人是**操沙使**。我得知學分不夠的那一天，教務科的公佈欄上有好幾件沙子被大量盜取的事件。那也是——這傢伙幹的。

我早該發現才對。

發現這些不對勁的地方……！

「喔！」

女人上了甲板後愣了一下，似乎注意到了什麼，

「對了，妾身還沒殺到半個人呢。」

她呢喃轉身，

一隻腳朝我踏了出來。

「沒有祭品來慶祝，稍微有點寂寞。你，就順便——去死吧。」

女人的雙手直直伸向我……

「妾身會親自把你做成木乃伊，然後送進棺木裡的。齁齁齁！很名譽，很光榮，很高興吧。」

接著，她一邊冷笑，手指有如在彈隱形鋼琴一樣開始動了起來。

怎麼回事……？

我的身體開始冒汗了。貌似水蒸氣的東西，從我的手部……我的臉部，並從喉嚨深處冒了出來。這是什麼東西？

「——佩特拉。妳這樣違反了規定。」

大哥的……聲音。

同一時間，從我體內冒出的蒸氣停了下來。

「什麼……你們把妾身『退學』，現在還想跟妾身講規定嗎？」

「妳想回伊・幽就要遵守它。」

「……真是不悅啊。」

女人的細眼，看向走過甲板來到自己身旁的大哥。

以此為暗號，豺狼人一同拿起長槳指向大哥。

船槳的前端，銳利如長槍。

然而，大哥在成排的槍頭前，毫無動搖的神色。

「『要對亞莉亞出手無妨，但是不要做無意義的殺生。』——『教授』要我告訴妳的話，妳還沒忘記吧。」

「……」

女人——佩特拉聽到這句話後，嘴巴扭成ㄟ字型，沉默以對。

「佩特拉。我知道妳想要站上伊・幽的頂峰。不過現在還是由『教授』作主。妳如果想要承繼首領的寶座，現在就必須聽從伊・幽的指示。」

「——不要！妾身想殺的時候就是要殺！沒有祭品就不好玩了！」

佩特拉像個任性的小孩，握拳揮動雙手，手上的金腕輪發出鏗鏘聲響。

「妳就是因為這樣才會被『退學』。佩特拉，妳還沒學乖嗎？」

「你、你在汙辱妾身嗎！**現在**的你——妾身要打倒你，可是易如反掌！」

佩特拉吊起看似任性的雙眼，伸手示意台場的金字塔賭場。

「……沒錯。在金字塔旁邊和妳交手，稱不上是聰明的決定。」

「沒錯！只要在那座神殿型的建築物旁，妾身的力量就是無限上綱！所以讓妾身殺了他！不然妾身就把、把你送進棺木裡！就算這樣，你還是要阻止妾身嗎？」

佩特拉的情緒激動，但不知為何卻沒發動攻擊。

大哥快步靠近她。

高招。那種有如流水般自然的步伐，任何人都無法應對。

接著，大哥用右手食指抬起佩特拉的下顎——

「——！」

突然，**親吻了她**。

佩特拉一開始原本很反抗，按住大哥的胸膛想把他推開……但最後，她罷手了。

她慢慢閉上雙眼……全身放鬆。

大哥不知何時用左手扶住了她的腰際。

「——就這樣放過他吧。他是，我的弟弟。」

大哥用手指整理佩特拉些許凌亂的瀏海，同時說道。

從大哥身上散發出的氣息有別於剛才——變得更加難以對付。

那是……ＨＳＳ……！大哥所命名的爆發模式簡稱。我感覺得出來。

大哥在制止佩特拉的同時，進入了爆發模式。

這還是我第一次看見大哥藉由和異性接觸而進入模式。不以會傷害到女性的方式來進入ＨＳＳ——這應該是大哥心中不成文的規定才對啊。

另一方面……

佩特拉滿臉通紅，就算在遠方我也能一目瞭然。接著，她退離大哥一步。

「遠、遠山，金一——你利用了**妾身**嗎？你明明就不喜歡妾身……！」

「——別說那種會讓人傷心的話。我沒有精明到能刻意做出這種事情來。」

佩特拉在大哥的直視下——按住了自己的豐胸。

接著她似乎想讓自己冷靜下來，做了幾次深呼吸後，

「不……不管怎麼樣，妾身不會想和**現在的你**交手。能贏是能贏，不過妾身也不會全身而退吧。現在是妾身要當上『教授』的關鍵時刻。妾身可不想受傷。」

她說完丟了一樣東西給大哥後，噗通一聲！

跳入海中逃走了。

豺狼人們扛著裝有亞莉亞的黃金靈柩，從後甲板動身追尋佩特拉。

「！」

我想要追蹤沉入水面的靈柩時，

「不准動！」

大哥喝止了我。

…………！

本能真是可怕。我明明想救亞莉亞……

身體卻因為大哥的一句話，彷彿中了定身咒般停止不動。

——我明白。

要是違背這個喝止，子彈就會打進我的頭頂。

現在的大哥，搞不好會痛下殺手。我本能性地了解到這一點。因為他的聲音透露出了訊息。

接著，沙沙……沙沙沙………

大海上只剩下太陽船、大哥，還有我。

「——『緋彈的亞莉亞』——嗎。真是一個短暫的夢啊。」

大哥開口說。

「緋彈的……亞莉亞？」

什麼。

那是什麼？

我搞不懂……但是，

亞莉亞。

你不准叫這個名字。

你害她得這麼悽慘——不准叫她的名字！

「大哥……你騙了我！你說過你不會殺亞莉亞吧！」

大哥再度以蔑視的視線，回應大叫的我。

「我——沒有殺她。只是視若無睹罷了。」

「你那是狡辯吧！要是你肯幫我的話……亞莉亞她……亞莉亞她……！」

「還沒有。」

大哥說完，拿出佩特拉剛才丟給他的玻璃工藝品。

那是一個裝在玻璃球中、構造上刻意讓人無法停下它的——小型沙漏。

「她還沒死。那是佩特拉的咒彈。**從現在開始的二十四小時之內，她都還活著。**」

「……！」

「佩特拉想趁這段時間，和伊・幽的首領交涉。所以才會讓亞莉亞活到那個時候吧。不過也只有二十四小時。不管佩特拉的交涉結果如何，都不會有『第二個可能性』。既然沒有——亞莉亞就應該要死。」

「大哥……你想要棄亞莉亞不顧嗎……！你！你到底在伊・幽……被那些無法無天的超人們怎麼了！」

我大叫。大哥穩靜地回應：

「無法無天嗎。」

他閉上了眼睛。

「對……伊・幽真的目無法紀。他們認為世界上所有的**法**律都毫**無**意義，在內部也**無**任何的**法**規。換句話說只要是其中的成員，你永遠都是自由的。伊・幽的成員能夠盡情地變強，能夠用自己喜歡的方式來達成目的。還有——如果其他人成了自己的阻礙或素材，**你就算殺了他也無妨**。」

怎麼會……！

伊・幽竟然是——擁有不同目的的強者們，所組成的濫殺集團。

那種組織……很快就會因為內部鬥爭而瓦解，不可能永存的。

然而，大哥彷彿在回答我心中的問題，繼續說道：

「一直以來都是由伊・幽的首領…『教授』來統率那群無法份子。因為有他這個絕對的存在，伊・幽才能夠長存。不過，這段時間——就快要結束了。」

「結束……？」

「因為首領快要死了。不是傷病使然，而是因為大限到了。」

大哥說完，再次用籠罩殺氣的雙眼盯著我看。

彷彿在說——

接下來的東西，你想聽必須有所覺悟。

「金次。伊・幽不是普通的超人養成機構。它是一個具備超能力，同時擁有核彈的戰鬥集團，任何軍事國家都無法動它一根寒毛。組織當中也存在著主戰派，有人企圖對世界發動侵略戰爭。要是現任的首領過世後，主戰派掌握了伊・幽的大權……他們會盡情操控伊・幽的力量，隨心所欲襲擊世界各地，屆時戰亂和殺戮將會不斷上演。」

對世界發動……侵略戰爭？

怎麼可能……！

伊・幽真的……打算這麼做嗎？

「不過，伊・幽裡頭也有人不希望那種未來發生。他們是承繼了『教授』的氣質，純粹只想鑽研自身能力的一群人——我們稱之為鑽研派。在知道教授的死期將近後，他們為了讓伊・幽能夠永續長存，開始動身尋找下一任的首領。尋找一位能夠和教授一樣成為絕對無敵的存在，來統率這群無法份子。武力、超能力、不死……經過這些錯中學習之後，最後雀屏中選的人——就是亞莉亞。」

……亞莉亞……？

「亞莉亞被選上了，她將成為伊・幽下一任的首領，『教授』。」

亞莉亞她……

被自己長久以來追尋的伊・幽……選為了首領……？

大哥在、在說什麼啊。

這是怎麼回事。

為什麼。

「我們要將亞莉亞引導到伊・幽。相對的，要是她沒有那個素質——換句話說就是她太弱的話，就把她殺掉，然後再另尋下一任的首領人選。這是鑽研派的共識。」

「就、就算用那種方法擄走她……亞莉亞也不會任憑你們擺佈！」

「她會的。在『教授』的面前她會的。亞莉亞絕對會聽從『教授』的話。絕對。」

看到大哥用深信不疑的表情如此斷言，我——完全無法回嘴。

大哥再次望向我……眼中帶著深深的哀傷。

「金次——抱歉。我沒辦法告訴你。我是為了消滅伊・幽才會從陽光下消失，成為他們的一份子。」

……！

「所以我一直在思考打倒他們的方法。最後我找到的方法是……『分化內鬥』。」

——分化內鬥。

聽到這個武偵用語，我不禁嘸唖。

那是一種……當武偵在和強大的犯罪組織交手時，用來分裂其組織內部團結，使其發生內鬥，以達到削弱對方的手法。

但是，那也是最危險的一種戰術。要是失敗的話，自己肯定會被殺。

「我要讓伊・幽的內部分裂——要達到這個目的，首先他們不能有負責**統率**的首領。因此我開始尋找讓他們**群龍無首**的可能性。最後我找到的可能性——有兩個。『第一個可能性』是在教授死亡的同一時期殺掉亞莉亞，讓伊・幽在找到新首領之前產生一段空白期。而『第二個可能性』則是，暗殺現在的首領——教授。」

大哥、加奈口中的「第二個可能性」……

是指讓伊・幽瓦解的可能性嗎。

也就是殺掉那群傢伙的首領……！

「換句話說選擇『第二個可能性』……將會和伊・幽的『教授』交手。我在漫長的睡夢當中，一直認為如果是你們的話，或許有可能……所以才會想賭看看『第二個可能性』。可是，看來這場賭注是我輸了。」

「…………」

「你們太不成氣候了。佩特拉這種程度的角色，都能讓你們大意失荊州，『第二個可能性』已經沒有了。既然沒有『第二個可能性』，那我只有回歸『第一個可能性』了。」

「第一個可能性」。

那就是……抹殺亞莉亞。

大哥打算在首領死掉的同時，殺掉將會被選為後繼人的亞莉亞，製造空白期讓伊・幽群龍無首……然後在趁那段時間，讓成員分化內鬥。

「大哥……你明明是武偵……卻想要靠殺人來解決問題嗎……！」

「金次。我是武偵，更是遠山家的男人。遠山一族，是正義一族。為了討伐罪惡──而且還是巨大之惡，就算見死不救也在所不惜。你記住了。」

我的話已經說完了──大哥背對我，彷彿在如此示意。

或許是佩特拉的力量逐漸遠離的緣故，「太陽船」從船首和船尾一帶開始……逐漸變回細沙。

海風吹動沙粒，讓其變得有如煙霧一般。

大哥的身影被隱藏在沙幕當中，慢慢消失不見。

──大哥！你要去哪裡？

你要去伊・幽嗎？

然後在那邊殺掉亞莉亞？

把亞莉亞……！

「你回去，金次。」

大哥背對著這裡說。我悔恨切齒。

「伊・幽不是你能應付的組織。」

……沒錯。那種事情我也知道。

可是，

那種事情現在已經無關緊要。

伊・幽怎麼樣已經不打緊了。

現在我要思考的地方不是那裡。

大哥想要討伐巨大之惡。

為此要殺掉亞莉亞。

既然如此，我也必須要做出決定。

——兩條路，二選一。

第一條，遵從大哥。

看著「正義伙伴」——自己比任何人都還要尊敬的大哥，挑戰伊・幽這個巨大之惡，不出手干涉。就算亞莉亞會死，還是要以遠山家男人的身分維護正義，貫徹正義之路。

第二條是……保護亞莉亞。

就算救了亞莉亞會讓邪惡組織伊・幽續存，就算大哥確信獲救的亞莉亞會當上其首領，我都二話不說，就是要救自己的伙伴。

該怎麼辦？

該怎麼辦？金次。

這是命運的分歧點。

沒有人會告訴我哪一條路才是正確的決定。

如同在象徵這句話一樣，我的眼前沒有道路。

只有一片搖晃的大海，有如在嘲笑被命運擺弄的我。

沙塵另一頭的大哥，背對尚未離去的我——再次開口：

「回去，金次。不用連你都喪命。只要亞莉亞一個人犧牲就夠了。」

——亞莉亞！

聽到這句話，我瞬間催下油門。

朝向化為沙塵逐漸瓦解的太陽船，全速衝了過去。

浪花和沙子，飛散在我的臉部和身體上。

「——不要走！大哥！」

在幾乎伸手不見五指的狀態下——

我用單手打開大哥給我的蝴蝶刀，將刀子大幅高舉過頭。

——咚唧！

因沙塵而看不見前方的我，讓水上摩托車撞上了「太陽船」的船體。

我被摩托車拋出去的同時，把刀子——

「你開什麼玩笑！」

刺！

猛力刺進船體當中。

飛離水上摩托車的我，以刺入的小刀為攀爬點……

爬上了像方糖一樣開始溶解並逐漸下沉的「太陽船」，來到甲板上。

在沙霧之中，站在數公尺外的大哥轉過頭來。

他的眼神——

充滿了怒氣。

他的雙眼，有如惡鬼或龍之眼，放出了一股超越人類等級的殺氣。

大哥真的對我動怒了。

至今大哥會對我動怒，只有在我刻意讓自己置身險地的時候。

——就像現在一樣。

但是，但是——

我怎麼可以認輸！

我已經渡過了。已經穿過了。

渡過沒有道路的大海。穿過伸手不見五指的沙幕。

「大哥——你應該知道吧！」

我收起小刀，不服輸地和大哥互瞪。

「說來說去，你應該也知道——這是不對的事情吧！大哥你在欺騙自己！欺騙懦弱的自己！要是真的有『義』，真的要主張正義的話，那就不要殺任何人！應該要拯救所有的人，不要讓任何人喪命吧！那才是武偵！」

「——金次。這一點我也思考過、煩惱過一百萬次了。要是義真的像你說的一樣，那該有多好啊，可是——義的本質，就是殲滅罪惡。為了保護無力的群眾和無辜的世界，有時候是伴隨著犧牲的。不，是常常伴隨著犧牲才對。你也到了應該要理解到這一點時候了。」

「用那種方法保護世界……不可能是好事吧！」

我現在做的事情——

會去忤逆大哥，這是為了——要救亞莉亞吧。

我自己也不知道為什麼。

但我還是選擇了這條路。這一點是事實。

為了救回被擄走的亞莉亞，我必須打倒眼前的大哥和佩特拉。

而且，以後可能還要和伊・幽的所有成員交手。

可能還必須打倒讓那群傢伙懼畏的伊・幽「教授」。

那是一條險峻到會讓人目眩的遙遠道路。

可是……那又怎麼樣。

亞莉亞以前也是一路這樣走過來的。

她只有一個人，被人稱為獨唱曲；**卻還是單槍匹馬，和伊・幽一路奮戰至今！**

「金次。你——想要違背自己唯一的大哥嗎？」

「你，已經不是我大哥了……！」

「…………」

「我以前崇拜的——那位總是作風正直的大哥，早就在去年的冬天死在沉沒的安蓓麗奴號上了。現在的你，不是我溫柔的大哥。這跟什麼正義、什麼可能性沒有關係。我——」

我打開腰間的槍套，拔出貝瑞塔。

彷彿想要斷絕一切般。

「大哥……不對，前武偵廳特命武偵：遠山金一！我要以殺人未遂的罪名，逮捕你！」

胸口被我瞄準的大哥，靜靜地閉上眼。

「——好吧。我也有一件事情沒有確定。你的HSS……」

HSS。我的爆發模式——

「那是因為亞莉亞而進入的吧？」

「那又怎麼樣……！」

「——讓我見識一下。」

大哥說完，在吹動的沙中微動了一下指尖。

「距離這艘船沉沒——大概還剩十五秒吧。我就用這十五秒再考驗你一次。確認你的感情到底是真是假。現在我就再賭一次，露出那種眼神的你，和那位『緋彈』之間的牽絆吧。」

大哥沒有拔槍。

也不擺出任何的架式。

不——不對。

他已經擺出來了。剛才他微動了一下指尖。

目標是我。

那種看不見手槍的無形架式——是「不可視子彈」！

——磅！

大哥的正面，一道有如相機閃光燈的光芒一閃。

啪吱！

「——！」

看不見的槍擊，命中了我防彈服的胸口中央。

我全身的血液亂竄，呼吸停止，險些失去意識。

但是——

「你為什麼不躲開？」

大哥的聲音，傳入了我因為衝擊而聽力減半的耳朵中。

「我是故意……吃下這一擊的。這點小事你懂吧。」

我好不容易站穩腳步，嘴邊露出微笑，拼命想要逞強。

嘴角還流下一條鐵鏽味的血絲。

「……我看見了，『不可視的子彈』——！」

我說完，大哥稍微睜大了雙眼。

說實話，我原本就已經有某種程度的預測了。

而現在我藉由爆發模式下的洞察力，確認了那一點。

「大哥。以前我們一起看過約翰・韋恩演的西部電影對吧。一起看過你那一招的原形——」

亞莉亞……

她在強襲科說過，大哥的手槍是柯爾特‧和平製造者。

那把槍——確實是一把名槍；不過它是在十九世紀前半開發出來的東西，都可以進博物館了。根本不是現代武偵使用的槍械。

但是，大哥卻刻意選用那把老式的左輪手槍。

這是為什麼？

我一直在腦中思考這個問題。

現在我終於想到了。

柯爾特‧和平製造者——是手槍史上數一數二，適合**速射**的手槍。

裝彈數、連射能力、命中率。近代的自動手槍占了大部分的優勢。但唯獨在速射這個雜技方面，構造上還是左輪手槍比較有利。

用那把槍，在藉由爆發模式下大幅凌駕於人類水準的反射神經——

就能名副其實地，**用眼睛看不見的速度**，開槍射擊。

那就是「不可視子彈」的構造。

「……不虧是我的弟弟。」大哥有如在玩味般開口說。「這招沒有人看得穿的招式，你居然看穿了。這一點我認同你。看來我離開你身邊是正確的。你也因為亞莉亞這個觸媒，正逐漸覺醒當中。」

大哥說話的同時，指尖又動了一下——擺好了架式。

下一發子彈要來了！

「不過，就算你看穿了又如何？聽好了，金次。你的戰鬥技巧，全都是**我教你的**。在那些技巧裡頭，沒有一招可以預防這個『不可視子彈』。」

金次，不能在此退縮。

都來到這裡了。快點思考。

既然沒有，就自己創造。

從我和亞莉亞共同經歷過、只有我們的新戰鬥中取經，來進行創造吧。

——現在，在這個地方！

「金次。你是無法躲過這個攻擊。就算你身處HSS，人類是躲不過這顆以短短三十六分之一秒射出的子彈。這是絕對的。就算是我，也躲不過。」

我爆發模式下的腦袋中——

正以超高速在重播，我和亞莉亞一同經歷過的種種戰鬥場景。

接著，其中兩場戰鬥在我的腦中閃現。

其一是我和亞莉亞初次經歷的第一場戰鬥——電動滑板車。

其二，就是最近經歷的弗拉德之戰。

──！

「──你太膚淺了。」

大哥看到**我也擺出同樣的姿勢**──無形架式後，輕嘆了一口氣。

「你想要有樣學樣，和我用同樣的招式嗎?金次。你的槍是自動手槍。不適合用『不可視子彈』。」

這個瞬間，我確信了一件事。

──此刻，我已經超越大哥了。

有勝算。

這場戰鬥我贏得了。

沙船瓦解的速度加快，海風也逐漸增強。

滿天飛舞的沙子，聲勢更上一成樓。

──很好。我真走運。

風再吹強一點，再刮猛一點。

因為風勢越大，我就越有利……！

「安息吧，金次。沒有弟弟比哥哥還要優秀的──」

要來了，「不可視的子彈」！

在這剎那間，我爆發模式下的雙眼中，一切的畫面開始變成慢動作。

大哥的手部動作——

就算是慢動作我也看不見。可是，我看到了。我看得很清楚！

大哥的手，**在空中劃開沙子的痕跡**——！

我的動作幾乎和大哥一樣，拔出了貝瑞塔。

彷彿要打倒鏡中的自己——踏上不同道路的自己一樣。

貝瑞塔的選擇器，是裝備科的平賀文所改造的故障三連發。

扣下板機後，會幾乎在同一時間射出兩發子彈的模式！

——磅！

——碰！

剎那之間，兩聲槍響。

幾乎是同一時間，但我的速度稍微慢了一點。

大哥的子彈，再次朝我的胸口中央飛來——

——鏗唧唧！

我以在弗拉德一戰的「彈子戲法」改良版，用我的子彈從正面反彈他的子彈——就像在開學典裡的早上，我破壞電動滑板車上的烏茲時一樣——讓子彈飛往大哥剛扣下板機的和平製造者。

沒錯，真要說的話，就是「鏡擊」。

把對方的子彈彈回他的槍口，是攻防一體的新招式。

「！」

——碰！

我緊接著射出的**第二發**子彈用「彈子戲法」，打偏了筆直彈回我槍口前方的**第一發**子彈。

短短零點一秒的手槍武打戲……

大哥的子彈彈進柯爾特・和平製造者的槍口，「磅唧」一聲破壞了手槍。

而我的子彈咻一聲發出掠過袖子的聲音，消失後方的沙塵中。

大哥扔下被破壞的手槍，端整的五官糾結在一起。

此時幾乎已經瓦解殆盡「太陽船」，終於沉入水中。

立足的沙子瞬間崩毀，我和大哥即將墜入海中。

——大哥。

抱歉了。

我心裡的某處也知道。

大哥肯定是對的。

你認清了這個世界的殘酷事實，知道有些事情無法靠冠冕堂皇的大道理來獲得解決，心中雖然存在著糾葛，卻還是在奮戰吧。

可是我也一樣。

我的心情也沒有半點虛假。

我不知道理由。不過只要是為了她。

只要是為了她，就算和你踏上不同的道路我也覺得無妨。

——大哥。

我和大哥分離……這次真的失去了少年時代的崇拜對象和目標。

從今以後，我該何去何從呢——

5彈　沙金的閣樓

——大哥。

我如此呢喃，醒了過來。

這裡是……哪裡？我現在……躺在床鋪上……這個房間……我有印象。這裡是車輛科的休息室，我曾經和武藤來這裡玩遊戲過……

「——小金？」

白雪的聲音。

我坐起上半身，一旁身穿巫女服坐在鐵管椅上，正在把蘋果削成兔子狀的白雪開口說。

「……白雪……？」

「小金小金！我看到你倒在棧橋的時候，真的擔心死了！你醒過來……真是、太好了……嗚、嗚啊……！」

我在那陣沙塵暴中，應該掉進了海裡才對……

有人……是大哥救了我嗎？

我啞口無言。「小金！先補充一點營養吧！吃吧！吃吧吃吧！」半抽搭哭泣的白雪把兔子形的蘋果，接二連三地用力塞進我的嘴裡。咳、咳咳！

因為兔子的團體客而差點窒息的我——看見明亮的窗外，猛然回過神來。

牆上的時鐘指著七點。早上七點。

亞莉亞被擊中的時間是昨晚六點。如果大哥所言不假——亞莉亞的性命只剩下十一個小時。

我要快點行動……！

但我該去哪裡？

該怎麼做？

我完全摸不著頭緒——但我還是要行動，先找出頭緒才行。

「不可視子彈」的衝擊還殘留在我的胸口。我用手壓著胸口走下床……發現自己穿著一套全新的襯衫和長褲，上頭還有車輛科的圖案。

我問了白雪當時的情況，她說：蕾姬用狙擊鏡看見亞莉亞被狙擊，立刻就請求武偵高中支援。海上的沙塵暴散去的同時，車輛科的機動車便趕到了現場——救了倒在棧橋上的我。

此外，諜報科的潛水員也附近搜尋了亞莉亞……

不過卻沒有發現她的蹤影。

「亞莉亞她……被人擄走了。可是……啊啊！到底帶去哪裡！」

我任憑心中的急躁駕馭自己，毆打了牆壁。

「……大海。」

白雪挨近把肩膀借給我，低聲說。

「——大海？」

「我已經占卜過亞莉亞的所在地了——」

「東經四十三度十九分，北緯一百五十五度零三分。太平洋，得撫島外的公海。理子偷裝在亞莉亞身上的GPS，也是顯示同樣的座標。欽欽。」

我聽到聲音轉頭一看——

理子站在門邊，揮動口袋電腦對我示意。

她穿著類似曼秀雷敦藥罐上的輕飄小護士服，右眼戴著……一個心型眼帶。

「——你醒了嗎？遠山。太好了。」

穿著水手服撐著拐杖的貞德，接著出現在門旁。

「我聽她們說了。亞莉亞被伊・幽的一位叫作佩特拉的超能力者給擄走了對吧？」

我點頭回應白雪嚴肅的聲音，同時有如在發問般看著理子和貞德。

貞德和理子四目對望後——

「……因為加奈來電通知我們的關係。Follow Me，遠山。」

我們配合腳傷尚未痊癒的貞德，慢慢走過帶有機油味的車輛科，經過樓梯下樓。

「加奈在伊・幽是我和理子的上司。我們敬愛加奈。所以我告訴她不管什麼事情都會給予協助……加奈只對我說了三件事。亞莉亞被佩特拉擄走的事情。她還說自己已經把伊・幽的事情告訴你了，也讓我知道她透露的內容。最後，是一件讓我一時之間難以相信的事情……她說自己敗在你的手上。」

大哥……

「我和理子還沒明確脫離伊・幽和他們敵對，所以不想亂說話……不過你已經知道許多伊・幽的事情，而且也沒有時間了。擄走亞莉亞的魔女——佩特拉，我先告訴你有關於她**詛咒**的事情。」

「詛咒……？」

「這也是她的詛咒害的。」

理子在貞德的身旁，指著自己的眼帶說。

「理子的右眼現在看不見。她被佩特拉的聖甲蟲下咒得了眼疾。要花上一個禮拜才能痊癒吧。現在想起來，我這隻腳也是聖甲蟲害的。我發現得——太遲了。」

「聖甲蟲……」

這聽起來有印象的單字，讓我鎖緊了眉頭。

「聖甲蟲是之前我畫給小金看的蟲子。那是佩特拉的使魔。效果雖然比不上直接下咒……不過牠可以運送佩特拉的魔力，讓接觸到的敵人不幸……」

白雪的說明，讓我咂了咂嘴。

七夕祭典的晚上，在神社後方跑進亞莉亞浴衣裡的也是那個蟲子。

因為蟲子的詛咒，亞莉亞的水上摩托車才會倒楣熄火……

讓佩特拉得到了絕佳的狙擊機會嗎。

（聖甲蟲在古埃及……好像被稱為神的使者……）

已不在爆發模式下的我，依舊全力動員了在世界史中學到貧薄知識。

這麼說來，攻擊我們的豺狼人——在古埃及的壁畫中好像也有相同的圖案。印象中好像是一位叫作「阿努比斯」的神祇。

佩特拉肯定是仿照祂的模樣，做出那些沙人偶的。

「貞德。那個叫佩特拉的傢伙是——」

「你從她的名字大概也看得出端倪吧。佩特拉是**克麗歐佩特拉的後代**。崇尚古埃及思想的她，自稱是克麗歐佩特拉7世的『轉生』。」

——克麗歐佩特拉。（註9）

一位憑藉自身的美貌與智慧，讓古埃及托勒密王朝免於被羅馬侵略的女王。

……經歷了怪盜羅蘋、騎士貞德・達魯克、德古拉・弗拉德伯爵，這次終於輪到王家的克麗歐佩特拉女王登場嗎。我已經不會驚訝了。不管是誰儘管放馬過來。

9　即俗稱的埃及艷后。

「佩特拉是——伊・幽的麻煩人物。」

貞德走進電梯按了地下二樓的按鈕，皺眉說。

我、白雪和理子跟著進入電梯。我記得地下二樓是車輛科的船塢。

「……麻煩人物？那傢伙不是伊・幽的人嗎？」

「曾經是這樣沒錯。她原本是第二號人物，階級比弗拉德還要高。可是因為品性太過粗暴，最後被退學了。」

先前曾說過自己被退學的理子，告訴我說。

「佩特拉有誇大妄想（Grandeous Delusion）的傾向。她深信自己有生以來就是法老。她打算在『教授』過世之後成為伊・幽的首領，然後發動戰爭建立自己的王國。第一步她打算先支配埃及，總有一天征服全世界。她是認真的。」

「喂、喂……！妳說要征服世界？那種像古早漫畫裡頭的壞蛋才會做的事情——」

「伊・幽裡面就是有那種人。除了佩特拉以外，還有幾個人抱持著同樣的想法。伊・幽就是會……讓你看見征服世界的可能性。」

「遠山，我和理子不希望佩特拉當上伊・幽的首領。」

「可是再這樣下去，如果『教授』和亞莉亞死掉的話，她可能會坐上首領的位子。」

貞德和理子說完——

電梯在車輛科的船塢中停了下來。

電梯大廳內，蕾姬曲著雙腳坐在長椅上，而銀狼則趴在地上休息。

她看到我們的身影後，拿著一個大手提箱站了起來。

「金次同學，你要去救亞莉亞吧？」

我聽到這個問題後——

環視了貞德、理子和白雪。

她們也想再次向我確認這一點。

我多多少少明白。大家知道我會去救亞莉亞。所以，想要帶我去某個地方。

我……點頭回應蕾姬的問題。

「——我不會悶不吭聲看著自己人被人家抓走。」

而且……亞莉亞會被抓走，多少是因為我太大意了。

「那麼，這個給你。」

蕾姬示意的公事包中——

裝有我在強襲科時代用的B裝備，和金次樣式的貝瑞塔手槍……以及大哥給我的、已經磨利的蝴蝶刀。

太感謝了。有了這些東西，我就能發揮出武偵一人分的工作能力。

不過，我不清楚自己的能力在沙礫魔女佩特拉面前，會有多大的作用。

「這個也是放在你上衣口袋裡頭的東西。」

蕾姬拿給我的——是佩特拉給大哥的小沙漏。

上頭原本有別針之類的東西固定住沙漏的位置，現在那東西被拿掉，沙子不停往下方流動。球狀玻璃內的沙子……已經一半以上落在下方。

這恐怕是用來表示，亞莉亞距離死亡時間還有多久吧。

大哥把這個東西託付給我。

託付給打倒他的我。

——你就試看看。

你是想這麼說嗎，大哥。

「妳不去嗎?蕾姬。」

我穿上B裝備的防彈背心、露指手套和備用彈夾的同時，開口問。

蕾姬左右搖頭。

「只能去兩個人。你和另一個人。腳受傷的貞德同學當然不行……理子同學靠單眼掌握不到距離感，無法發揮全部的實力吧。考慮到對方是超能力者，現在最適合的人選只有白雪同學了。而且她本人也自願同行。」

看來……我躺在床上的這段期間，她們已經商量好救出亞莉亞的必要人選了。

「『只能兩個人去』……是什麼意思?」

我發問，但蕾姬沒有回答，像個人偶一樣呆站在原地。

「你很快就會知道了。遠山。往這邊走。你著裝完畢後過來。」

貞德在下一扇門前，看著手錶背對我說。她似乎不想回頭看正在更衣的我。

「欽欽，這個給你。」

理子拿出來的是——要讓亞莉亞穿的防彈制服。同樣是一套全新的夏季制服。

這是想表示：「你一定要救出亞莉亞，然後把她帶回武偵高中」吧。

這很像對服裝很講究的理子會有的顧慮。

「因為亞莉亞是理子的獵物。」

理子把制服收進我防彈背心後方的口袋，

「你要是讓她死掉的話，我就『吼』喔。」

她伸直手指，在頭上做出牛角說。

我第一次來到車輛科的船塢，這裡有海水的味道。

這也很正常，因為這裡可以抽海水來整備小型船隻。

我們順著汽艇和水上摩托車排成一列的橋梁，不停往前進……

「金次！」

在寫著第七橋樑的地方，渾身是油的武藤抬起了頭來。

他在整備某樣載具——那是什麼東西？

有一個上了黑白雙色的物體，像橫倒的火箭一樣浮在舢舨旁邊。

「這是『奧爾庫斯』。是我潛入武偵高中時用的潛航艇。原本是三人座的，不過這次的改造多了一些零件，只能坐兩個人。武藤，速度能到幾節？」

武藤聽到貞德的問題，皺起了濃眉看似在計算。

「嗯……大概一百七十節吧。」（註10）

「了不起。短短一個晚上就做到這種地步——你真是個天才，武藤。」

「這點我承認啦。不過製造出這個東西的傢伙，比我還要天才呢。這個原本是超空蝕效應魚雷吧（註11）？」

「超……什麼來著？」

「就是一種讓高速魚雷所蒸發的海水氣泡，包覆在自己的周圍，水的阻力啊——」

武藤正想對一旁尋問的我進行宅男式的講解時，貞德伸手制止了他。

「現在沒時間解釋了。簡單來說，奧爾庫斯就是一種把超高速魚雷上的炸藥取出

10　一百七十節：約三百一十四公里

11　超空蝕效應（Supercavitation），一項正在研發的新型武器技術，能在水中物體的前方，產生一個足以包覆整艘船艦的大氣泡，使得船艦本身完全在氣泡中船行。如此一來，船艦變成和在空氣中前進沒兩樣。傳聞蘇聯就用這項技術發展出了一枚名為 Shkval 的火箭魚雷，可以在水中以每小時四百公里以上的時速前進。

來，讓人類可以乘坐的東西。」

「……可是啊，要讓它跑兩千公里耶。燃料我已經裝到最大限度了，不過還是只能跑單程。我們之後會準備交通工具去接你們啦，你去了之後就沒辦法自己回來喔。」

武藤看了我一眼……

看來他對這件事情的幕後原因，已經有某種程度的認知。

「你聽說了嗎，武藤。我們的……那個……」

「——我才沒問勒。好奇心殺死貓。一位武偵寫的書裡頭，有說過這句話吧。」

我之前和武藤在亞特希雅盃當剪票人員時，曾說過這句話。現在武藤拿出來引用，同時瞄了穿著巫女服的白雪一眼。

「你對任何事情真的都很遲鈍啊。你以為我們什麼都不知道嗎？這幾個月來你一直在做危險的事情，這種小事情只要看你的眼睛就知道了。」

武藤對我說，臉上表情彷彿在表示：別把我當傻瓜。而在他身後，潛航艇的升降口處，不知火跑了出來。他似乎在幫忙武藤。

「大家都隱約察覺到了。因為我們是武偵嘛。可是——」

「——這所學校的學生，少說都做過一、兩件危險的事情。而且，武偵憲章第四條：武偵應當自立自強。對方沒有請求就無須出手幫助。對吧？所以……我私底下很擔心呢。現在終於有機會可以幫你的忙，老實說我有點開心呢。」

不知火露出平常溫和的笑容站到我身旁；而武藤則拍了我的背似乎想激勵我。

我……無法回答他們半句話。

武藤。不知火。你們……

我最近因為那封郵件的事情，對你們很冷淡……

你們卻什麼都不問就出手相助。

「……謝謝。」

我只說了這麼一句話。

原來人在真正感到高興的時候，只能說出這麼一句話啊。

接著我和白雪互相幫助，坐進了奧爾庫斯……內部的東西讓我嘆為觀止。

連頭盔都無法戴上的狹窄船內，擠滿了全部用數位表示的速度計、潛航深度量測器、三維羅盤、超音波聲納顯示儀和燃料計。

我坐在狹窄的副駕駛座上；而白雪似乎已經學會操縱的方法，正在和自上方升降口垂下頭髮、觀看內部情況的貞德，進行儀器的最終確認。

「那我要關上升降口了。祝你們武運昌隆。還有——這個妳拿去。」

貞德說完將自己的拐杖拆成兩半……取出放在裡頭的洋劍，接著將寶石裝飾的劍柄伸向白雪。那是銘劍杜蘭朵，過去曾是貞德的外號。

「咦？」

白雪反覆看了手中的劍和貞德。

這把劍先前被白雪斬斷，劍身因而縮短，長度剛好和日本刀差不多，這對白雪來說反而比較容易使用。

「貞德……可以嗎？已經跟妳借了這艘船……這把劍也是妳很重要的……」

「佩特拉也是我的敵人。所以敵人的敵人，就是我的朋友。」

「……謝謝妳，貞德。其實妳的本性很善良呢。」

優等生白雪率直地道謝完，

「什……嗚……我、我可是魔女。本性其實很可怕的。啊……祝、祝你們武運昌隆。」

貞德似乎害臊了起來，臉頰泛紅逃離了升降口。

過了一會，升降口自動無聲關上——

隨後，所有的數位儀器一個接著一個，開始發出五顏六色的強光……不到一秒就圍繞了我們。

時鐘上顯示的是日本時間：0715 A.M.……上午七點十五分。

距離亞莉亞死亡的時間——剩下十個小時又四十五分。

奧爾庫斯就像一枚魚雷，出航離開了武偵高中第七船塢。

我是第一次坐上潛水艇，但我立刻就明白到奧爾庫斯是一架優秀的載具。起初只顯示九十公里的速度——隨著火箭燃料的消耗，階段性地逐漸上升。幾個小時後，我們以時速三百公里這種不知是真是假的超高速，在水中突進。而且幾乎是無聲無息。

白雪像在駕駛戰鬥機一樣，偶爾會轉動操縱桿，但這艘船幾乎是自動駕駛。伊・幽的科學水準，真是讓人訝異啊。

「小金，我聽貞德說過了，佩特拉的G推估是二十五——似乎是世界最強的魔女之一。」

白雪戴著類似黃綠色單邊眼鏡的HMD（註12），轉頭看後座的我。

「而且她在那座金字塔型的建築物旁邊，就能夠無止境地使用魔力。佩特拉把金字塔當成『無限魔力』的立體魔法陣使用。『無限魔力』這種術，日本在上古時代也曾經建造過古墳之類的東西來做研究，不過因為力量太過強大而被禁止使用了。」

「……這麼說來，佩特拉也有說過類似的話。她說只要有金字塔在，自己就會有無限的力量。」

「嗯。打個比方來說……我和貞德是普通的步槍，佩特拉則是砲彈用不完的戰車。那個魔女就是一個這樣的存在。」

12　HMD：Head Mounted Display。頭戴式液晶顯示器的縮寫。

砲彈用不完的戰車——

「我們能從那種傢伙的手中……把亞莉亞搶回來嗎。」

我不禁低聲說出喪氣話，白雪將臉挪開轉向前方。

「小金……很擔心亞莉亞呢。」

「……」

「沒關係的。我隱約察覺得出來。亞莉亞這個女孩，對小金來說具有特殊的意義……所以，我也想保護她。而且我也不想用這種方式，和亞莉亞做了結……」

「……了結？」

「啊！嗚，那個，還有佩特拉用使魔侵入了星伽。偷走緋金菖蒲的人大概也是她。佩特拉也是星伽的敵人。」

白雪含糊其詞，語氣倉促，臉頰些許泛紅。

我們在那之後，用放在船內、類似白巧克力的營養食品及飲水果腹——同時往太平洋的東北方前進。船用GPS系統的顯示器上，我們和亞莉亞的座標距離越來越近。

那位沙礫魔女——佩特拉，恐怕也在那裡吧。

十個小時後，距離時限不到一個小時——

我們來到推估是亞莉亞所在的水域後，降低速度並用超音波聲納探查四周……發現周圍有無數的巨大物體。

這片無人海域中到底有什麼東西？我心覺可疑於是用數位潛望鏡一看，螢幕的畫面顯示出海面上四處有水柱噴出，就像一座噴水池。我稍微觀察一下，看見藍鯨群在水中磅礴跳躍，心中因而感到驚訝。看來那些是鯨魚噴出的水柱。

我們穿過鯨魚群前進……在水柱製造出的霧氣後方——

那是……

怎麼回事！

「……安……安蓓麗奴號……！」

我在海面上看到那艘船，頓時啞口無言。

我在照片上看過好幾次，絕對不會看錯。

那是——豪華郵輪：安蓓麗奴號號。

去年十二月……那艘郵輪載著大哥於浦賀沖沉沒……現在卻被打撈了起來，有如幽靈船般漂浮在太平洋上。

船隻受到不小的改造。吃水線低到彷彿快要沉沒，外觀看起來像郵輪的甲板上——多加了一個巨大金字塔，讓旁觀者不禁咋舌。

那肯定是佩特拉建造的「無限魔力」魔法陣。

不過要破壞那座金字塔，必須要有轟炸機之類的東西吧。當然我們手頭上沒有。我們只有微不足道的手槍和長劍。

光靠這些武器，該如何與之對抗？

對抗這座高聳入雲天的大金字塔……！

「小金……我知道。我感覺得到亞莉亞和佩特拉在裡頭——」

白雪睜大妹妹頭瀏海下的雙眼，柳眉倒豎地看金字塔的頂端。

金字塔唯獨頂端是玻璃製，陽光照得內部閃閃發亮。

當我們浮出水面靠近一看，發現安蓓麗奴號的前方增設了一個沙子形成、宛如陸地的地方。這個形狀已經稱不上是一艘船了。

我們小心翼翼地前進……用漂流的方式，讓燃料幾乎告罄的潛航艇靠岸。

在上岸的沙灘上，擺著幾近十公尺高的佩特拉座像，左右各兩尊，共計四尊。

「這是……雖然有很多地方都改造過，不過這是在模仿古埃及的阿布辛貝神殿。好厲害……這些全都是用魔力做的。那些鯨魚好像也是用魔力叫來的。她肯定是想要把牠們當成擋箭牌，來防禦魚雷之類的東西吧。」

聽到白雪的話，我皺起了眉頭。

魔力、魔力，全都是魔力嗎。

無限魔力的佩特拉。

她似乎會成為至今最棘手的敵人啊。

我和白雪兩人走過佩特拉像的腳旁，進到通往金字塔的隧道當中。

我從防彈背心的腰包中拿出沙漏，沙子幾乎落到了底部。

接著我看手錶確認，亞莉亞的生命——只剩下短短二十四分鐘！

隧道內的砂岩階梯，寬敞且曲折蜿蜒。我還在擔心這裡會不會像以前的電影一樣，從上面滾下一顆大石頭，但似乎沒有那個跡象。

豈止如此，如同迷宮般分歧的道路中還有篝火引路，帶領我們走到通往上方的正確樓梯。看來佩特拉想要招待我們呢。

我們就這樣，爬上了金字塔的頂端……

有一扇巨大的門扉，出現在我們眼前。白雪曾在S研學過鳥、蛇等圖形的象形文字，根據她的解讀，門上寫的似乎是「王之間」。

「小金，就是這裡。佩特拉就在這裡。還有亞莉亞……！」

人類雷達白雪，如此開口的同時——一開始就解開戴在頭上的白色緞帶。

我和貞德交手的時候曾經看過。那是白雪平常戴在身上用來壓抑強大魔力的封布。

我們還沒伸手，門扉就發出軋軋軋的沉重聲響，逐漸打開。

「王之間」的內部，展露在眼前。

門的後方——是一個寬敞的大廳，所有東西都是用黃金製成。

鋪著豪華地毯的石頭、圍繞室內的石柱，以及放置在深處的巨大人面獅身像，全都是用光彩奪目的黃金製成。

難怪從下方看起來，會如此光芒耀眼。

我先用肉眼快速確認——

有了。那副裝著亞莉亞的黃金靈柩，就擺在人面獅身像的手邊——應該說腳邊比較貼切。

「……極東之地的愚民們，知道妾身為何會讓你們進到神聖的『王之間』嗎？」

佩特拉坐在鑲有寶石、同樣是用黃金製成的王座上——

拿起放在扶手的大水晶球，在手指上方旋轉。

她白皙修長的雙腳交叉，身上一樣穿著那套造型暴露、帶有黃金工藝品的比基尼。

「因為妾身不想被人**說三道四**。伊•幽的那些傢伙嫉妒妾身。妾身用詛咒打倒了弗拉德，可是他們卻不承認妾身的能力。說什麼弗拉德是亞莉亞和同伴一起打倒的。群聚明明就是弱小的動物才會有的習性。不管怎麼樣，我只要打倒亞莉亞和她的同伴……他們心中的不滿也會消除吧。」

佩特拉丟出的水晶球——

咖唧！

砸在亞莉亞的黃金靈柩上，碎了開來。

「伊・幽下一任的王不是亞莉亞。而是妾身！只要妾身殺了亞莉亞的同伴，在用亞莉亞的命來當籌碼——『教授』肯定會把王位讓給妾身。」

佩特拉起身，走下王座前方的黃金樓梯，踏響高跟涼鞋站穩腳步，雙腳與肩同寬。

「妾身在行動上總是有先見之明。這次也是一樣，妾身已經想過在成為伊・幽的女王後該如何行動。妾身啊——」

她濃密眼影下的雙眼，有如在估價一樣看著白雪。

「——討厭男人。他們會讓妾身變得很奇怪。妾身如果成為女王，會讓美女當我的侍從。妾身沒有殺掉今後可能會用到的女人，只是用詛咒封住了她們的行動，所以才會先詛咒屬性可能會相剋的銀冰魔女，然後還詛咒了羅蘋的曾孫，沒有殺死她們。」

佩特拉的視線如同眼鏡蛇一樣，從白雪的腳尖爬到頭頂上，令她眉頭微皺。

「日本的魔女。妳的外形和容貌也很優異。看妳的實力如何，妾身可以提拔妳做妾身的護衛。遠山金一——那個男人也是，我會讓她一輩子都是加奈的模樣來侍奉妾身。那傢伙上次對妾身做了奇怪的舉動——害得妾身晚上睡不著覺。遠山金次，你也很惹人厭。你的樣貌和遠山金一還真像。」

我有什麼辦法，誰叫我們是兄弟。

佩特拉用打從心底憎惡的眼神，看著在心中吐槽的我。

她對大哥似乎抱著一種乖僻的情感，而現在她將其中憎惡的部分，投射在我的身上。

「所以，遠山金次。妾身現在就要你的命。」

佩特拉指著這裡說完，

「小金，我——只能撐五分鐘！你趁這段時間救出亞莉亞！」

白雪立刻大喊。隨後啪一聲！

有如鳥兒振翅飛翔般，猛力揮動雙手的白小袖，

「緋火星鶴幕！」

語畢，無數的紙鶴從她的衣袖中飛了出來。

紙鶴群如同飛石，朝向佩特拉飛襲而去——

在半空中，瞬間化成了熊熊燃燒的火鳥。

「——！」

磅磅磅磅磅磅！

火鳥群同時撞上佩特拉，接連爆炸。

瞬間捲起了火焰的漩渦，產生的煙幕甚至藏住了佩特拉的身影。

「……！」

火焰和煙幕「啪沙沙沙」地，捲起了大量的沙金。

當我發現時，「王之間」地板上的黃金已經因為剛才那一瞬間的攻擊，全部變成了沙金。

我在不平穩的地板上想站穩步伐時——沙沙沙沙！

白雪從巫女裝的背後拔出了銘劍杜蘭朵，踏著沙金一個箭步衝了出去。

緊接著跳進煙幕的漩渦當中，鏗鏘！

煙幕中傳出刀刃的激烈撞擊聲，白雪從右方被彈了出來。

她一個護身倒法，暫時轉身繞到了柱子後方。

這初次的短兵相接速度實在驚人，讓我無法插手。

沒時間了。我必須到亞莉亞的身邊！

我如此心想，但眼前也只能等沙煙退去，佩特拉現出身影才行。

要是被捲入眼前的打鬥，我手上的手槍根本無能為力。

佩特拉在閃爍飄散的沙金後方，

「很好。戰鬥的少女非常好。就讓妾身看一下妳有多少實力吧。妾身的侍從中，不需要那種只會躲躲藏藏的弱女子。妾身會殺了妳喔。」

她露出愉悅的笑容，一邊怒視白雪藏身的黃金柱子。

她塗著鮮紅色指甲油的手上，握著出鞘的銘刀緋金菖蒲。

那把於星伽神社被偷走的，緋金菖蒲。

果然是那傢伙偷走的嗎。

「妳不過來，妾身就連同柱子把妳一起斬了。鼽鼽！」

佩特拉說完高舉手中的刀——

白雪啪一聲翻動緋袴從柱子後方跳出，下段持劍拿著杜蘭朵撲向佩特拉。

她使出乾坤一擊，應聲將佩特拉的刀往上彈開——刷一聲！

一個半轉身背對敵人的白雪，由上往下使出一記不規則的砍劈，**卸掉了佩特拉的右臂**。

成……成功了。

佩特拉的右臂握著緋金菖蒲，彈落在黃金的沙漠上。

「佩特拉。妳說了一句不該說的話。居然說**要殺死小金**。」

佩特拉雙膝跪地，按著手臂上的切口。白雪閉起了倒豎眉毛下的雙眼。

——！

此時，在白雪的腳邊。

地上的緋金菖蒲連同下方的沙金，刷刷刷地向上隆起。

「白雪！」

我大聲疾呼的同時，斷臂的佩特拉變成了沙金開始瓦解。

——這個佩特拉是替身！

從沙金當中，另一個——真正的佩特拉撿起緋金菖蒲跳了出來。

佩特拉在剛才紙鶴炸彈所捲起的煙幕中，已經潛入了黃金的土中。並在地上留下沙金製成的替身。

「——居然會被人將計就計，真是愚蠢。這種軟弱的護衛，妾身不需要。」

佩特拉從白雪腳邊，將緋金菖蒲朝上猛然一刺——

貫穿了巫女服的胸口正中央。

緋金菖蒲寒光閃爍的刀尖，在白雪身後刺出了一大截。

「白、白……！」

……！

我的喉嚨連聲音也發不出來。

白雪她——

握著刺穿自己胸口的緋金菖蒲，揮開佩特拉將刀搶了回來。

接著一步、兩步，往剛才藏身的黃金柱子後退。

「嗚……嗚嗚嗚！」

刷……刷拉！

白雪發出苦悶的聲音，拔出胸口的緋金菖蒲後——

把它和杜蘭朵，往自己的身後丟去。

「——？」

我皺眉不解——隨後眼前的白雪，有如幻影般開始消失。

最後，只有留下一張人形的白色日本紙在空中飄散。

飄落的紙張中間，有一個宛如被美工刀刺穿的空洞。

——她也是替身……！

從柱子後方現身的白雪**本尊**，兩手應聲接住了呈拋物線飛來的兩把刀劍。

「——居然會中了我的計中計，真是愚蠢。我也不打算伺候這麼軟弱的王。」

白雪剛才藏身在柱子後方時，把紙人——自己的式神變成了替身。

還讓她握著聖劍杜蘭朵，以免被識破。

「軟弱……？妳說妾身軟弱？」

原以為得勝卻被反將一軍的佩特拉，似乎是屬於容易激動的個性——

她呈現半惱怒狀態，聲音顫抖著。

此時她腳邊的沙金，發出沙沙聲響飛了起來，逐漸變成好幾把小刀。

浮在半空中的小刀，前端全部對準了白雪。

「妾身是王！不會只是伊．幽和埃及一國的王。總有一天會成為這個世界的女王！

日本的魔女——妳那句話是對法老的褻瀆！」

佩特拉豎起細長的眼角大叫。

身旁無數的小刀，發出咻咻聲響，有如散彈般朝白雪飛去。

「星伽候天流……風条撥止！」

白雪右手拿刀，左手拿劍，張開眼睛的瞬間，立刻壓低身體蹲下，迎頭朝著佩特拉衝了過去。

接著她扭動全身，用左右的刀劍彈開黃金小刀發出鏗鏘聲響，同時逼近敵人。

有如龍捲風般飛舞的兩把利刃，在砍中佩特拉之前，

就像牡丹開花一樣，轟一聲冒出了鮮紅色的火焰。

「緋炫毘・双琥！」

如同攪拌機一樣迴旋的火焰刃——

鏗！鏗鏘！

佩特拉瞬間利用腳邊的沙金做出飛盤形狀的黃金圓盾，擋了下來。同時，沙金的驟雨輕撫過白雪的刀劍——刀身的火焰一口氣弱了下來。火怕沙子，這道理就跟我們會用沙子來撲滅野火一樣。

「——嗚！」

白雪再次緊握刀柄，火焰瞬間復燃。

可是我知道白雪的呼吸已經開始亂了。

白雪在使用強力的鬼道術時，體力上的消耗就如同全力奔跑一樣。

那陣猛攻恐怕不會持續太久吧。

相較之下，佩特拉卻帶著從容的笑容。

在這金字塔內，那傢伙的魔力不會耗盡。是無限的。

白雪要是體力用盡，一切就完了！

不能在拖延下去了。

要快點搶回亞莉亞才行……！

我等待機會，用力踩著腳邊的沙金。

「──緋火虞鎚・焰二重！」

白雪大叫，從上方朝著佩特拉的額頭砍下。

黃金圓盾快速集合疊成好幾層。兩把刀刃就像在劈瓦片一樣，斬斷了其中的兩塊。

「喔?居然砍斷了兩塊阿蒙霍特普的昊盾。」

佩特拉笑道。

當浮在她頭上的第三塊圓盾擋下刀劍時，我蹬地起跑。

──既然這樣只有賭了！

佩特拉現在專心在和白雪戰鬥，我就趁著這個機會──

穿過佩特拉的後方，先跑到亞莉亞的黃金靈柩去！

啪……啪啪……！

我的B裝備發出了撞到沙金的聲音。

（……？）

這是什麼東西……！

當我注意到時——有一陣風已經圍繞在我的身旁。

「遠山金次。妾身正在享受和這個女人的戰鬥。別做一些礙眼的舉動。你就在風的圍繞下，乖乖待在那裡吧。」

正如背對這裡的佩特拉所言，我已經被沙金的龍捲風給吞噬。

高速旋轉的沙金，開始在我的臉部和手指等部位，留下細微的傷口。

突然一顆大塊的沙金撞上了我的臉頰，讓我鮮血四濺。

動彈……不得了！風快把我的身體吹離地面……！

「小金！快跑！」

白雪大叫——

把刀劍插到巫女服的腰帶中，瞬間從白小袖中取出兩把大扇子攤了開來。

「星伽巫扇——風神駁！」

白雪猛力揮動大大展開、宛如大型立牌般的白扇，連自己也稍微被往後吹飛。

白雪製造的呼嘯陣風，漂亮地吹散了沙金龍捲風。

我稍微浮起的雙腳，碰到地面後再次起跑。

亞莉亞——！

「小金，快跑！到亞莉亞身邊！」

「賤民！不准碰靈柩！」

佩特拉朝這裡用尖銳的聲音說完——

隆、隆隆隆……！

巨大的黃金人面獅身像開始動了起來。亞莉亞的黃金靈柩，就在他的腳邊。

這、這傢伙……會動嗎！

他光明正大地坐在我的眼前，反而讓我疏忽了。

看來這大型哥雷姆……是佩特拉最後的王牌。

人面獅身像呢喃著類似埃及經文的東西，一面站了起來，體長足足有十公尺。這怪物就跟動畫裡的戰鬥機器人，或白堊紀的恐龍一樣……！

這種怪物靠貝瑞塔和小刀，根本無法對付！

「我早就知道他會動了……！」

白雪再次拔出一刀一劍，有如展翅般大大張開雙手。

緊接著，她將刀劍高舉到身後，讓人從正面幾乎無法看見它們。

「所以最後一擊——我特地留給了那隻西洋石獅子！」

白雪妹妹頭瀏海下的眉毛倒豎，閉上眼睛緊握刀劍，

「星伽候天流，奧義——緋火星伽神・双重流星！」

她使出渾身的力量，將兩把利刃十字交叉，往前一揮！

刷啊啊啊啊啊啊啊！

刀劍放出的深紅色光芒，掠過了我的頭頂——

變成X字的利刃，猛力撞上人面獅身像的脖子。

磅隆隆隆隆隆隆隆！

人面獅身像發出嘩啦聲響，逐漸變回金塊。我衝入烈焰的漩渦當中，沐浴著石像掉落的碎片——

還差一步。只要再跳一步，就能到亞莉亞的靈柩旁邊！

手錶的時間——還剩下五分鐘……！

「還不站住！遠山金次！」

這些歇斯底里的聲音，讓我轉頭一看——

……！

佩特拉正踩著倒地的白雪……！

「嗚……！」

白雪趴在黃沙金漠上發出痛苦的聲音。

看來剛才打倒人面獅身像的那一擊，終於讓她用盡了全身的力氣。

「……白雪！」

我把槍對準了佩特拉——

驚覺倒地的白雪身上，開始「嘶嘶嘶」地冒出了水蒸氣般的煙霧。

「快把槍丟掉離開靈柩，遠山。妾身會把這個女人變成木乃伊喔。」

「……什麼……！」

「人體就像一個裝水的袋子。妾身擁有能夠抽出水分的聖秘術。」

佩特拉獰笑，腳下的白雪所冒出的水蒸氣逐漸加劇。

「啊……啊……！」

白雪發出痛苦的聲音。

「等、等一下，佩特拉！」

我把手槍放在腳邊。

不得不放下。

「齁齁！你們真是了不起的二人組。居然能破壞人面獅身像，靠近靈柩。不過你們那些頂多只是凡人的技倆。無法反抗擁有神賜之力的妾身，這是真理。妾身只要和立體魔法陣同在，力量就是無限的！有限的力量是贏不了無限的。這也是真理。你們想做的事情違反了真理。不可能。不可能、不可能、不可能、不可能，是不可能的！」

佩特拉因勝利而自滿，張開手腕讓金環鏗鏘晃動後——

我的身體也開始嘶嘶嘶地冒出煙霧。

這不是汗水。身體的水分正在流逝，宛如生命力被人抽出似的。

嗚……嗚嗚……！

我因痛苦而張開嘴，口中彷彿在抽菸一樣也冒出了煙霧。

喉嚨好乾。我知道自己舌頭的表面逐漸乾燥。

煙霧甚至從眼球中冒出……我，看不見，前方……

——噹隆！

一陣**聲響**，從金字塔外傳了過來。

噹隆！噹隆、噹隆、噹隆——！

我模糊的視野中，沒發生任何的異變。

但是有一樣東西，正爬上了金字塔的斜面朝這裡靠近……？

「——！」

嘩啦啦！我身後的玻璃碎了開來。

轉頭一看，一艘漆成紅色的奧爾庫斯潛航艇，衝進了金字塔內！

佩特拉似乎也一陣訝異，失去了注意力，我和白雪身上冒出的煙霧因此停了下來。

「那就──」

奧爾庫斯停在我身旁，開啟了升降口。

「稍微再讓我**不可能**一下吧。」

聲音的主人似乎在我的貝瑞塔或身上的某處裝了竊聽器，已經偷聽到塔內的對話。

佩特拉不知是憤怒還是其他緣故，白皙的臉蛋一口氣變得火紅。

「……遠山金一……！不，加奈！」

加奈！

當我意識到的瞬間，沙金變成的小刀已經──嚓嚓嚓嚓！

將奧爾庫斯的外殼變成了刺蝟。

然而在小刀即將刺中的瞬間，我看見了。

穿著武偵高中女性制服的加奈，從升降口跳了出來！

磅磅磅磅磅磅！

加奈飄動長長的麻花辮，使出一記華麗的月面空翻（註13），在她的周圍——幾乎同一時間，閃出了六道光芒。

那是不可視子彈的六連射。

佩特拉扭動身體，後手翻躲開了子彈——

然而，當她像貓一樣降落在黃金的沙漠上時……膝蓋卻流下一道鮮血。

佩特拉第一次受傷！

落地的加奈手中，拿著一把燻銀色的柯爾特・和平製造者，和之前被我弄壞的那把是同一款式。

加奈。大哥。

你什麼不用說，看到你現在對佩特拉開槍我就知道了。

大哥想要再一次……

賭上「第二個可能性」，以不取亞莉亞性命的方式和伊・幽戰鬥！

「出埃及記第三十四章十三節：拆毀他們的祭壇，打碎他們的柱像，砍下他們的木偶。」

加奈口中呢喃聖經的一節，單手將六顆子彈灑向空中。

接著用高舉的手槍由右至左，在半空中掃過子彈發出喀嚓聲響。

13　體操技巧。方法為空中後轉兩圈，在三百六十度轉身落地。

當和平製造者的彈巢復位時，裡頭已經裝好了六發子彈。

空中裝彈。大哥是如此稱呼這招有如魔術般的技巧，只有在爆發模式下才使得出來。

沒錯。當大哥變身成絕世美女加奈時，能夠一直處於爆發模式。

「金次。我給你的小刀，你還帶著吧？那把火紅色的蝴蝶刀。」

加奈稍微轉過頭問，我點頭回應。

「——你拿著那把刀，去跟亞莉亞接吻。」

接……？

要、要我接吻……

為何，這是什麼意思，幹嘛要對瀕死的亞莉亞做出那種事情……！

加奈連發問的時間都不給我，隨即擺出無形架式——

以那有如流水般的步伐，開始走進佩特拉。

「佩特拉。現在我的——就算是對女性也不會手下留情喔。」

「……加奈。遠山金一。不要過來。妾身不想和妳、不想和妳交手。」

佩特拉臉上的紅暈未消，四肢趴在地上不斷往後退縮。

「佩特拉。妳看起來雖然像猛獸一樣猙獰，不過其實妳是一個非常聰明的孩子。就像用雙手同時寫字一樣，妳可以用念動力分別移動好幾種的東西。可是，妳的集中力應該是有限的。」

加奈一邊說話，同時往前逼近。

「不准瞧不起妾身！妾身、妾身明明喜歡——不，啊，明、明明可以喜歡妳的說！」

佩特拉說話支支吾吾，讓那個像大盤子一樣的盾牌飄浮在自己身旁。

數量是六塊。很明顯是要防備不可視子彈。

本來攻擊性十足的佩特拉，現在卻用沙金先做出防禦道具。

「數量不光是那樣而已吧，佩特拉。妳能變出多少，就儘管拿出來吧。」

加奈說完，磅磅磅磅磅磅！

開槍射擊佩特拉。槍擊中冒出的槍口焰幾乎是呈線狀，而不是點狀。

佩特拉眉頭一皺做出了對應，在驚險之餘設法用圓盾擋住六顆子彈。

「妾、妾、妾身最討厭妳了——！」

佩特拉左右搖動妹妹頭瀏海，用周圍的沙金製造出黃金老鷹。

老鷹不只擁有利啄，翅膀也亮堂堂地有如刀刃，數量共有七隻，不，是八隻。

名符其實地從四面八方朝加奈飛去。

「嗯——八隻。我原本以為會再多一點呢。」

加奈用柔和的聲音說完——

當場一個轉圈，舞動長辮。

襲擊而至的老鷹，「啪！啪啪！」應聲被一掃而空。

這同樣是完全看不見的——不可視斬擊。

「還沒結束！」

佩特拉再次放出黃金老鷹——這次的數量一口氣增加到二十隻左右。其中雖然有幾隻模樣畸形，只有單腳或是頭部像鴿鶉一樣袖珍……但不影響其戰鬥力。

「——！」

加奈又一個轉圈，斬斷其中一隻老鷹時——束髮布同時被割斷。

看到頭髮微微散開，加奈一瞬間露出無可奈何的表情——

鏗！鏗鏗鏗！

馬上將分成好幾塊藏在髮中的金屬片，一口氣組裝了起來。

那些金屬片似乎有細繩索之類的東西相連，構造上能夠自動組裝。最後變成了一把大彎刀——緊接著加奈將藏在衣袖中、類似三節棍的金屬棒，也同樣組裝了起來。

她揮舞組裝完成的武器，讓風壓捲起了沙金，擺出了架式。

「做得好，佩特拉。妳是第一個讓我拿出這東西的人喔。通稱，蠍尾——很適合沙漠吧？」

那把武器是一把大鐮刀，就像西洋的死神拿在手中的那種。

刀刃塗成了深藍色，似乎是為了防止別人從頭髮的間隙發現到它的存在。

在這把能將所見之人全數擊倒的巨大彎刀前，

「妾、妾身是——法老！妳這種貨色……妳這種貨色！」

佩特拉瞬間陷入迷惘，立刻用沙金的老鷹，在加上沙金的豹和巨蟒——發動撲天蓋地的攻勢。

另一方面，咻！咻咻咻！

大鐮刀則用比跳繩的二迴旋還要更快的速度，在加奈身旁劃出了軌道。彎刀方向不定，時而直橫斜，時而前後上下，化身成了球形保護罩，以破壞逼近加奈的所有敵人。

加奈只是用手指……輕微駕馭鐮刀柄，宛如在揮舞指揮棒之類的東西，用最小的力量就讓大鐮刀不停加速旋轉。

磅！磅磅！磅！

鐮刀的前端，開始發出像爆裂彈一樣的聲音。

因為其速度，已經超越了音速。

空氣中的水分因鐮刀前端的接觸而凝結，「啪！啪啪！」斷斷續續地產生了蒸氣錐（註14）。其形狀宛如**櫻花的花瓣**，在大哥的周圍亂舞。

14　當物體突破音障時，會使周圍的水氣快速凝結，而形成一種錐形的雲朵。

磅！磅磅！磅！

黃金的敵群在碰觸到鐮刀前，就已經被衝擊波逐一破壞。

「——這陣櫻花吹雪，如果妳有辦法讓它散落的話……就儘管來吧。」

加奈對佩特拉露出溫和的笑容，看得我不禁噤唾。

——好強。

如此一來根本沒人可以靠近加奈吧。

變身成加奈的大哥果然厲害。已經是無敵了。

正義使者都是在**變身**之後才會發揮出真本事。這點現在就活生生地擺在眼前。

「……嗚……」

看到加奈揮舞鐮刀，並踩著沙金不停逼近——

佩特拉又往後退了一步。

她終於放棄使用超能力，想要抓人質了嗎？我想起了白雪，開始找尋她的身影……

而抱著一刀一劍的白雪，早就遠離佩特拉躲在王座後方。佩特拉看了旁邊一眼，加奈立刻用鐮刀摩擦地面發出聲響，讓些許飛起的沙金像子彈一樣射向佩特拉。

鏗！一小把的沙金擊中了佩特拉的金冠，讓她面向前方。

「啊嗚！」

「妳不能看旁邊，佩特拉。現在妳只能看我一個人。直直地盯著我，直直地……」

加奈像在下催眠術一樣，呢喃說道。

我的視線從加奈移到亞莉亞的靈柩上。

——要奪回亞莉亞，就是現在。

這次一定可以搶回亞莉亞的靈柩。

佩特拉無暇顧及他處。加奈現在把她封死了。

她沒辦法攻擊我或白雪！

（——亞莉亞！）

我像在踢足球一樣，將放在腳邊的手槍踢起接住，隨後背對著佩特拉，有如在橄欖球比賽中觸地得分一樣——

飛撲到靈柩上。

成功了。

我成功了。

靈柩已經入手——完成第一步了！

我看一下手錶，時間還有一分鐘。

快打開靈柩，把她救出來，要在這一分鐘之內……！

黃金的棺蓋很沉重。不過似乎沒有上鎖。我將貝瑞塔收回槍套，全力推動棺蓋，慢慢把它挪開後——

我看到了亞莉亞的面孔。她有如昏睡般橫躺在靈柩中。

「……亞莉亞！是我！亞莉亞……！」

我大叫，更進一步推開棺蓋。

棺蓋發出摩擦聲逐漸打開，突然一個**傾斜**，一口氣開了一個不小的縫。

傾斜……？

「……！」

當我注意到時，靈柩已經傾斜沉入沙金之中——而我的腳踝一帶，也埋進了沙裡。

……流沙……！

要是有人靠近這個地方，就會像掉進蟻獅的陷阱一樣，因為自身的體重而逐漸下沉。

這不是佩特拉的魔法。而是某種陷阱——

下沉到膝蓋處的我，立刻爬到了靈柩上。

棺蓋開得還不夠大，想把亞莉亞拉出來也沒辦法。

「……！」

該死。

豈有此理。我……居然會中這麼基礎的陷阱！

靈柩在下沉的沙金中更為傾斜，我在大幅挪開的棺蓋上踩空——跌進了靈柩當中。

「嗚！」

這次因為我的體重，導致靈柩往反方向傾斜。棺蓋發出摩擦聲，慢慢蓋上。

「……！」

慘了。這不就等於適得其反了嗎。

如此心想的我，身體變得很不穩定，有如飄浮了起來。

靈柩正在掉落，往下方的某處。

我在漆黑的靈柩內把亞莉亞摟在懷中，想要保護她。

亞莉亞。

亞莉亞！

是我，我已經來到這裡了。亞莉亞！所以——妳快醒過來！

亞莉亞！

最終彈　緋彈的覺醒

被流沙帶動的感覺，隨著靈柩撞上某處的轟隆聲響停了下來。

我緊抱著亞莉亞的頭，自己猛力撞上了靈柩的內壁。

好痛……！

我甩甩頭，注意到周圍一片漆黑，想要再次推開蓋上的棺蓋，即便是一點縫隙也好……但是，好、好沉重。

看來上方被沙金蓋住，讓棺蓋的重量增加了。

這也是一個危機，但眼前更重要的是——亞莉亞。

亞莉亞的性命只剩下幾十秒。

我在黑暗中伸手尋找亞莉亞，手指卻摸到一個軟綿綿的部位，因而緊張了一下——不過，鬆了口氣的感覺卻更大。

還有體溫。她還沒死，亞莉亞還活著。

我在狹窄的靈柩中，打開B裝備右肩上的戰術手電筒一看——

「……！」

亞莉亞被換上用黃金製成的過激服裝，穿著就跟佩特拉一模一樣。

她就像穿了兩截式泳衣一樣，只有胸部周圍和腰際稍微蓋著一些布料。而布的周圍，還有金雕和鮮花裝飾。

好、好可愛……

身處在這種情況下，這個念頭卻第一個浮現在我的腦中。

幾近全裸狀態的亞莉亞，在這服裝和花朵的包裹下顯得熠熠生輝。好……美麗。有如童話故事：森林中沉睡的……美**少**女（註15）。這就是童話的埃及版。

不過，現在不是看傻眼的時候。

我必須解開亞莉亞的詛咒。

而解咒的方法，大哥剛才已經說了。

「…………」

接吻，換句話說就是ＫＩＳＳ嗎。

不用照鏡子我也知道自己的臉頰正逐漸泛紅。

要我對亞莉亞……而且還是在她昏倒的時候，隨便做那種事情……

該怎麼說呢，我覺得這樣有點趁人之危……不，應該說是很失禮。

而且，為啥那種方法可以救妳啊？

就跟妳說過的那句口頭禪差不多，現在的狀況我可是連一毫克都搞不懂。

15　睡美人的日文直譯為：森林中沉睡的美女。

（可是——）

可是，原諒我，亞莉亞。

我和妳生活的這段時間中，三兩下就會看到超自然現象，所以我知道常識這種東西，早就已經遠離我們的世界了。

照理來說，我應該帶妳去醫院看醫生——

不過現在也來不及了吧。

如果這樣能讓妳從死亡的永眠中清醒過來的話，我……

僅存的沙子在沙漏中不停落下。

我看了手錶——距離亞莉亞喪命，還有二十四秒。

亞莉亞。

我不會說的。

我知道妳不擅長戀愛的話題，所以我就連在心中也沒對妳說過。

我要對沉睡的妳，做這種事情之前——我先在內心承認吧。

啊啊！還有十秒。

我跪下來，使勁抱起亞莉亞的睡臉……用雙眼確認那對惹人憐愛的可愛唇瓣。

接著，我閉上雙眼。

還有五秒。

其實我自己知道。

為什麼我會為了妳這麼拚命？

為什麼我會不惜打倒大哥也要來救妳？

我一直認為那出於同情，或是因為我對直來直往的妳抱著一種尊敬的緣故……

可是——那是騙人的。

我在欺騙自己。

我和妳的生活方式不同，而且身分也不同——這是現代社會少見的情況——因此總有一天，我們會各奔東西吧。

所以我在心中也不想這麼說。因為我害怕承認。

可是，亞莉亞。我，我在不知不覺間，已經對妳——

啊……

我好笨拙。在這種事情方面，我真的太幼稚了。

我的嘴唇比思考還要快，不由自主地——

觸碰了亞莉亞的櫻桃小嘴。

我觸碰的面積只有一毫米，比沙金還要細小。

沙漏中的沙金，掉落殆盡……在這瞬間——

我使勁將亞莉亞的頭摟在懷中。

亞莉亞有如梔子花般的芳香鼻息——從我的口腔穿過鼻子，在身體的「中心」燃起了火苗。啊啊！亞莉亞、亞莉亞……亞莉亞——

——妳不能死。

妳不能死，亞莉亞……！

此時……靈柩中發生了異變。

「？」

我抬起頭來，發現身體的四周包裹著一層淡淡的緋色光芒。

這光芒是怎麼回事？

我確認肩膀上的戰術手電筒，看起來沒有故障。

關上燈後，我驚覺光源是在……我的腰部。長褲的口袋中……？

我心覺可疑，伸進口袋取出發光源，原來在發光的東西是大哥給我的蝴蝶刀。

我把刀柄像蝴蝶的翅膀一樣打開後——

「嗚……！」

好刺眼……！

刀子放射出無止境的緋色光芒，紅通且焰紅，燦爛奪目。

外觀看似已經紅透，但卻不燙手。

這是……怎麼回事……！

「……金……次……」

一個極其細微的娃娃聲。

亞莉亞……！

我慌忙收起小刀，發現亞莉亞紅紫色的雙眼已經微微張開。

「你，輸……了。因為還沒……過六點，所以你輸了……」

亞莉亞的意識模糊，似乎還沒查覺到自己因為佩特拉狙擊，已經昏睡了一段時間。

她彷彿時間停止一般，聊起了二十四小時前在台場的「打賭」。

「對，我輸了。不過，我算是已經——**履行約定**了。所以妳放心吧。」

我說話的同時，一邊確認自己血液的流動方式。

爆發模式。

這股隱藏在我的體內、藉由性亢奮而覺醒的力量。

力量……充滿了我的全身。這點……我知道。但是——

好像跟平常有點不一樣……？

「奇怪……這裡是哪裡……？這是什麼地方啊，我、我被……槍打中……咦？」

「對，妳被人狙擊，之後發生了一點事情——我們現在在太平洋上，正在和伊・幽的麻煩人物佩特拉戰鬥。」

「發生……發生太多事情了吧！誒？奇、奇怪，這什麼啊！」

亞莉亞的意識逐漸清醒，發現自己身上只穿著像細繩般的薄布和黃金裝飾品，開始慌張了起來。

哈哈！能在這狹窄的靈柩內，看到這孩子害羞的可愛模樣……真讓人高興呢。我高興過頭……都喜極而泣了。

隆隆……

靈柩外頭傳來聲響，有如來自遠方的雷鳴聲——海洋上的金字塔開始晃動。

「怎、怎麼了？」

亞莉亞不知為何遮住中空的肚臍，和我一起觀察四周的情況，但是在靈柩內什麼也看不見。

隆隆……！

（嘖……！）

外頭再度傳來的聲響，這次我藉由腦中流動的爆發模式之力，搞清楚了狀況。

載著金字塔的安蓓麗奴號，她的船底有某種炸藥正在爆炸。

船隻開始傾斜了。

恐怕是佩特拉幹的。她領悟到自己贏不了大哥，打算把船炸沉吧。

靈柩開始慢慢傾斜。

我斟酌時機，計算角度，同時背靠著棺蓋。

現在從這裡往上推，八成可以——

我使勁全力，向上推動黃金棺蓋。

「金次！」

亞莉亞還沒完全掌握狀況，但還是出手相助。

她背對這裡，使勁用雙手和頭部往上頂……我看見她被狙擊所受的槍傷，已經痊癒了。大概是佩特拉用了魔術之類的東西，以免她失血過多致死吧。

我們頭靠著頭，將棺蓋一點一點地慢慢推開。

外頭的沙金掉到靈柩內，嘩啦嘩啦地落在我的腳邊。

快打開……哪能死在……這種地方啊……！只有我就算了，我不能讓亞莉亞——死在這裡！

「嗚……嗚…喔喔喔喔喔喔！」

「嗚啊啊啊啊！」

被頂起的棺蓋發出轟隆巨響，滑落地面。

——成功了。這樣就能出去了。

沉積在我們頭上九十公分厚的沙金，沒有湧入靈柩把我們活埋。整艘船已經傾斜到這種地步了。

我觀察四周，這裡是另一個大房間。

「這、這裡是怎麼回事啊……」

亞莉亞目瞪口呆地看著前方……眼前有好幾尊豺狼、老鷹和貓頭人身的古埃及巨大坐像，正在俯視我們。

但是那些坐像，也處於大幅傾斜的狀態……

殺氣——！

「——！」

我拿著貝瑞塔，朝著後方上空全自動射擊。

喀鏘！我將貝瑞塔射擊到子彈用盡，滑套鬆開——然而，飛舞在半空中有如盤子的黃金圓盾，卻將子彈全數彈飛。

緊接著，**佩特拉**將盾牌變回沙金，並穿過我們剛才掉落的洞穴，降落在金色的地板上。

我們的靈柩從傾斜的地板，往下滑落了許多。

眼前的地板變得有如一條坡道，而佩特拉就站在坡道的上方處。

「遠山金次。妾身啊……這次就先撤退。不過，你要把**那個東西**還給我。」

說完，佩特拉指著我身後的亞莉亞。

「佩特拉——妳這樣不行喔。怎麼可以把女性當成東西呢。」

佩特拉也是女性。爆發模式下的我用曉以大義的口吻對她說道。

「……是嗎，ＨＳＳ啊。你是遠山金一的弟弟。有同樣的能力，也算是很正常吧。」

佩特拉露出目中無人的笑容。看來她是穿過流沙的落穴，從上面逃到這裡來的。

加奈沒有追擊，這表示那個落穴已經被封死了吧。

「不過，你沉到水裡還是會死。這裡是大海。要是沉船的話，只有妾身一個人可以活下來。妾身會用術，能長時間待在水中。因為妾身的城市，以前就是在海邊。」

接著，佩特拉拿起了手中的步槍。

那把塗有沙漠迷彩的武器，是在台場擊中亞莉亞的狙擊槍：ＷＡ２０００，是一把以高精準度聞名的自動狙擊槍，擁有近未來式的造型，有如ＳＦ電影中會出現的武器一樣。

加裝在槍上的紅外線瞄準器有如一條蛇，在亞莉亞的柔嫩肌膚上逐漸往上爬行，從大腿、腰部、腹部，最後到達左胸。

「嗚……！」

亞莉亞動彈不得，就像一隻被蛇盯上的青蛙。

因為她平常有防彈制服保護的身體，現在幾乎完全赤裸。

——原來如此。

佩特拉，妳真聰明。大哥會認同這一點，果然不是假的。

妳能夠自由操縱魔力，不過到了最後一刻卻還是仰賴科學的力量——槍。

刻意換了一把武器，來攻擊我們內心的盲點。

「從結果來看，妾身從**後面**沒有成功。這次就從**前面**。妳的心臟就獻給妾身吧。」

佩特拉獰笑，我瞪著她的手指。

她要扣下板機了……！

用彈子戲法反擊——

不行。我的槍沒子彈了。

「——！」

我在佩特拉將要扣下板機的瞬間，同時衝了出去。

往亞莉亞的方向。

想要用穿著防彈背心的身體當作盾牌！

而就在這個瞬間，

我知道自己敗北了。

「永別了，遠山金次。」

WA2000的紅外線瞄準器……已經瞄準了我的頭部！

佩特拉知道HSS——爆發模式的事情，**早一步看穿了我的行動。**

她知道我不管怎麼樣都會保護女性。

那傢伙假裝要射擊亞莉亞，

其實是打算先收拾我——！

「金次！」

磅啊——！

我整個人朝正後方翻倒，撞開了尖聲大叫的亞莉亞。

「金次！金次！」

我的頭部——

被擊中了。

我只知道這一點。

隨後整個人往正後方倒下。

額頭、鼻子或嘴巴，子彈肯定命中了其中一處的中心。

「金次！金次！金次——！」

我感覺……臉部在流血。

我恐怕是血流滿面吧，就像在拍血腥暴力電影一樣。

啊啊！亞莉亞。

對不起。

在最後一刻，居然讓妳看到這副模樣……

「金次……！不要，不要……我不要——！」

亞莉亞的悲鳴——

模糊地傳入我的耳中。

不過……

我聽得見。

這就表示——

我……還沒死。

至少不是當場死亡。

我的視野雖然歪斜，不過微張的眼睛還看得見。

我看得見亞莉亞包著我的臉在保護我，緊閉著雙眼不停搖頭。

被擊中的瞬間，我似乎……**做了什麼**。以爆發模式的反射神經。

然後，我擋住了子彈。至少，**沒讓子彈直接打中我毫無防備的頭部**。

我是……怎麼做的？

爆發模式能讓肉體能力提升，發揮出比平常高三十倍的能力，有時行動的速度會凌駕於思考能力。

換句話說，身體偶爾會以迅雷不及掩耳的速度，做出讓我覺得：「怎麼會這樣？」的舉動。

現在的情況就是這樣。

不過，看來我的防禦措施不夠充足。我還是受到傷害，引發了腦震盪。現在，我……無法開口說話。看起來就像……當場死亡吧。

「——金次——！」

亞莉亞的尖叫響徹了大廳。

接著……寂靜到訪。

在一陣毛骨悚然的靜謐當中……

我終於能夠移動身體，突然發現口中異常的炙熱……

……呸！

我從口中……**吐出了子彈。**

原、原來如此。

真是太神了，爆發模式下的我。

看來我似乎**咬住了**佩特拉的子彈。

而且還是用以前治療蛀牙時，放入臼齒的陶瓷嵌體。

不過這樣還是無法完全停止子彈的動能，於是我整個人猝倒，鼻血如柱……這似乎是造成流血的主要原因。

「……」

我用手擦拭滿面的鮮血，坐起上半身……

看見佩特拉眼角細長的雙眼，在眼鏡蛇冠下張得斗大。

中彈的我爬了起來，讓她感到很驚訝——看來似乎不是如此。

喀答……喀答！

佩特拉踏響黃金地板，一步步在斜坡上倒退。

她的臉色鐵青，一語不發。

怎麼了……佩特拉。

是什麼東西——

讓妳這麼害怕？

佩特拉在後退之際……側面突然嘩啦一聲！

加奈和白雪打破了側面的玻璃，衝入了傾斜的室內。她們似乎是爬過傾斜的金字塔壁面來到這裡的。

「……！」

我轉頭一看，發現她們也是一臉愕然的表情……不是在看我，而是直盯著**室內的某樣東西。**

她們也同樣沉默不語。

到底怎麼了……？

我起身環顧四周——

（……亞莉亞……？）

亞莉亞不知何時站了起來，面對著佩特拉。

她也一樣沉默無聲。

不對——她甚至沒有發出氣息。

不，不對。有氣息。但是那不一樣。

我和她同居了一段時間。亞莉亞的氣息，我隱約可以感覺得出來。

這是……怎麼回事。

那不是亞莉亞。

……妳是誰？

——妳到底是誰！

「…………」

亞莉亞踏著黃金涼鞋，默默無言地走過地板……

完全不看我一眼。

她的眼中，瞳孔有如某種動物般，散發著緋色的光芒。

我在瞬間……也同樣被那股異常的氣息給吞沒。

接著，亞莉亞停住腳步，右手往前一伸——

——刷！

用食指指著佩特拉。

光是這個舉動，就讓佩特拉嚇得縮成一團。

接著，佩特拉對縮著身子的自己露出了驚訝的表情。

「這……這個感情是怎麼回事？……可怕……？妾、妾身……在、在害怕……？」

佩特拉的四肢顫抖。

沙！沙沙沙……！

黃金地板就像在顯露佩特拉的恐懼心一樣逐漸隆起，變成了守護她的巨大盾牌。

「…………」

亞莉亞像手槍一樣伸出的食指，在指尖的地方——

緋——

緋色——

開始發出緋色的光芒……！

緋色的光芒，慢慢延伸到直徑一公尺左右。

宛如一顆小太陽……！

「……緋彈……！」

白雪後退的同時發出的聲音，在大廳中迴盪。

她的話，就此打住了。

——緋彈。

大哥曾經說過「**緋彈的亞莉亞**」。而白雪也無意識地——說出了其中的隻字片語。

點亮亞莉亞指尖的緋色光芒，範圍更加擴大，亮度也逐漸增強。

那是什麼？那道有如太陽的亮光，就是「緋彈」嗎。

可是，亞莉亞不是超能力者。為什麼會——

——磅啊！

「快躲開，佩特拉！」

緋色光芒自亞莉亞指尖飛出的瞬間，加奈大叫。

佩特拉似乎因此而回過神來——

連感到害羞的時間都沒有，立刻就讓腰布翻起跌坐在黃金地板上，並有如在坐溜滑梯一樣，從浮起的盾牌下方滑過，在千鈞一髮之際躲過了緋光。

緋光閃爍的光彈，就像一顆砲彈——

把黃金的大盾當成紙糊的一樣直接貫穿，通過了佩特拉剛才的所在之處，

————！

最後彷彿超新星爆炸一樣，炸裂了開來。

緋色的光芒，傾注在室內所有人的身上。

那是一道，能夠塗滿所有物體的——閃　光！

磅咻咻咻咻咻咻咻——————！

一陣完全不同於槍聲或爆炸的聲音，打響了我的耳膜。

「…………！」

我下意識用雙手保護自己，眼前被緋光塗滿的世界——

在我手放下的同時……

變成了一片天藍色。

——是天空。

亞莉亞剛才放出的攻擊，把金字塔的頂部整個**削掉了**。

過程完全無聲、無熱，也沒有絲毫的衝擊。

——就讓物體**消滅**了。

壞損的金字塔建材——玻璃和鋼架「喀啦喀啦」地傾盆而下，滾落在斜面上。

佩特拉張大塗紅的嘴唇，抬頭上望失去頂部的金字塔。

穿戴在她身上的黃金服飾，沙沙沙地變回了沙金。

看來金字塔被破壞，讓佩特拉瞬間失去了最自豪的「無限魔力」。

「嗚……！」

平常總是仰賴金字塔魔法陣的佩特拉，無法在第一時間靠自己的能力使用魔法。連頭部的金冠，也變成了沙金掉落地面。

「啊、啊，啊啊！」

佩特拉最後全身只剩下一件薄泳裝，慌忙用雙手遮住自己的身體。

坐在大廳周圍的各尊神像，也逐漸崩塌倒壞，慢慢變回沙子。

這樣一來，我也不能呆站在這裡了。

轉頭一看，亞莉亞在傾盆而下的玻璃與金屬當中，身上的黃金服飾也沙沙沙地變回了沙金……而身上裝飾的花朵，則在空中飛舞四散。

接著她面無表情，彷彿假人模特兒一樣倒了下來。

「亞莉亞！」

就在她倒下時，我抱住了她。

爆發模式下的我啊，就算狀況突如其來，你還是有辦法馬上使出公主抱啊。

「亞莉亞……！」

亞莉亞的雙眼再次闔上……失去了知覺。

加奈正在揮舞大鐮刀，彈開碎片以保護白雪。我避開崩落的金字塔碎片，設法和她會合。

加奈在傾斜的室內，躲開了有如骰子般滾來的黃金靈柩——看來唯獨這個東西不是沙金製成的假貨——鏘一聲！

像在打曲棍球一樣，用大鐮刀把它敲了出去。

靈柩滑過牆邊，掠過想要腳底抹油的佩特拉。

失去金字塔的她，此刻已經從法老變回了普通人，

「——嗚啊！」

她雙腳直立，摔進了黃金棺材內。

「嗯！」

白雪把緋金菖蒲滑入接連滑落而至的棺蓋——像千斤頂一樣，把它彈了起來。

「——金字塔原本就是一座墳墓吧？」

我抱著亞莉亞如此說完，對著空中飛舞的棺蓋，磅！

扣下裝好子彈的貝瑞塔，進行軌道的微調。

「喂、喂！你們在做什麼！妾、妾身是法老——」

佩特拉吵鬧的同時，急忙把腳縮進靈柩中。

棺蓋就這樣碰隆一聲，漂亮地蓋了上去。

「——在墓地要保持安靜喔，佩特拉。」

金字塔由上而下逐漸崩毀，等到這段荒謬絕倫的騷動到了尾聲後——

瓦礫堆之上，藍天之下……

我抱著亞莉亞站在關著佩特拉的黃金靈柩旁，向加奈和白雪確認彼此平安無事。

白雪用封印魔力的符咒貼滿了黃金靈柩，「快打開！還不快放了妾身！無禮的傢伙！」佩特拉在裡頭叫喊，不停掙扎。

「佩特拉，晚安。妳就睡在和祖先一樣的靈柩當中吧。」

加奈說完……佩特拉終於靜了下來。

從結論上來看，佩特拉還是很聽加奈或大哥的話呢。

……這是為什麼呢？

哈哈！我隱約明白其中的理由，不過佩特拉，我就不告訴大哥吧。

因為現在的我，對女性可是很溫柔的。

尾聲　Go For The NEXT!!!

「……金……次……」

離開金字塔後，我讓亞莉亞躺在安蓓麗奴號的船頭。

聽到她的聲音後，我、加奈和白雪三人同時回頭。

「亞莉亞……！」

「咦……金……金次！你怎麼還活著！」

活著不好嗎。

我瞬間如此心想，不過依舊處於爆發模式的我……

在歡喜之餘，緊抱住她嬌小的身體。

「亞莉亞！」

「等等……誒！金、金次！你、你你你你做什麼！等一下！」

亞莉亞。亞莉亞。太好了！

她原本穿著和佩特拉一樣的泳裝，現在白雪讓她穿上了武偵高中的防彈制服。要是她沒換衣服的話，那我緊抱她之前應該會猶豫一下吧。

所以現在，我可以毫無顧忌地抱緊妳。

就讓我這樣抱緊妳吧。

刺！

……好痛！

有、有東西刺中了我的屁股。我按著腰際轉頭一看，有樣東西快速逃到了我視野的死角，好像是日本刀的刀尖……

「亞莉亞，妳沒事真是太好了！」白雪說著，這次換她抱住了亞莉亞。

亞莉亞似乎沒有擊退佩特拉時的記憶，一臉莫名其妙的表情。而白雪就像在玩相撲一樣，正使勁地把亞莉亞從我身上推開。

加奈重新綁好麻花辮，看到眼前的光景發出了竊笑聲。

……唉呀……

……雖然，還有不少地方讓我很在意……

不過，亞莉亞獲救了。

我們也逮捕了佩特拉，把她關在靈柩裡。

一路雖然辛苦，不過這樣一來我的學分也夠了吧。

這一次——事情真的落幕了吧。

再來就耐心等待武藤他們過來，順便做個日光浴吧。

我看著已經失去光芒的蝴蝶刀，鬆了一口氣時，

——啊！

加奈突然驚望大海的方向。

「…………！」

她就這樣不發一語，凝視著大海。

彷彿在找什麼東西一樣。

她的側臉——一片鐵青。

這是我第一次看見加奈如此動搖。

「……加奈？」

我收起小刀說，但加奈沒有回頭。

她的雙眼直瞪著大海。

「——金次……快逃！」

加奈她……開口大叫。

這個舉動讓我難以置信。

怎麼了？

怎麼了？加奈。

妳居然會這麼驚慌失措，用開口對我大叫——

我和妳走過的這段人生當中，從沒發生過這種事情啊！

「你快逃，金次！趕快從這裡撤退！」

加奈握著我的衣袖搖晃，讓我冒出了冷汗。

等等！等一下！加奈！別說要撤退了，我們現在連一艘小船都沒有。

加奈已經混亂到搞不清楚眼前的狀況。

那位加奈，就連佩特拉也不是對手的無敵加奈，現在竟然如此拼命。

「小……小金……！」

緊接著查覺到**異常狀況**的人——是白雪。

「有……有一樣東西，要過來了……好、好可怕……！」

白雪離開亞莉亞，雙手緊抱住自己——

身體不停顫抖，當場跪下。

我看著白雪身後的晴朗天空和大海——注意到一件事情。

好奇怪。

大海——好奇怪。

剛才那一大群鯨魚，現在完全不見蹤影。

不光是這樣，我連鳥類和魚類的氣息也感覺不到。

這就像是——

百獸之王接近，熱帶草原上的動物全都逃走了一樣。

「啊……啊啊……！」

加奈用手摀住嘴邊，以避免自己叫出聲來。

隆……！

隆隆隆隆……！

這股振動，就像大海上的地震。

安蓓麗奴號，正在振動。

不對——是整個大海都在顫抖……！

「——在那邊，金次！」

狀況越是緊急，亞莉亞就越勇敢。她跑到了船首邊緣處指著海面說。

我也跑到了亞莉亞身旁。

她的指尖，安蓓麗奴號的前方約數百公尺的海面——整個隆了起來。

因為大海，突起了。

——這怎麼……可能！

嘩啦啦啦啦啦啦啦啦啦！

海水像瀑布般自某樣物體上宣洩而下，出現在盛夏陽光下的東西並不是鯨魚。鯨魚根本是小巫見大巫。藍鯨的體長才三十公尺，但浮出水面的巨大鐵塊卻長了快十倍！

波浪讓安蓓麗奴號有如樹葉般搖晃。

我和亞莉亞抓住船頭的鎖鍊，以免自己被搖下船。

有如牆壁般黑得發光的巨大物體──

在安蓓麗奴號前，大幅地、大幅地迴轉。

眼前的**物體**巨大無比，就像近看高層大樓會覺得它像牆壁一樣──讓我無法一眼掌握全貌。

不過錯不了。這個東西是**人造物**。

這是因為──有兩個寬度接近兩公尺的大字：「伊U」，從我的眼前穿過。

悠然橫越眼前的白色文字，「伊」「U」。

我爆發模式下的腦袋就像被榴彈擊中一樣，開始理解了過來。

以前，歷史教科書的輔助教材上有寫到。

伊──是日本過去用來代表潛水艇的暗號名稱。

U——同樣是德國用來表示潛水艇的代號。

——這是一艘……潛水艇！

伊・U。伊・幽的真面目，**居然是這艘潛水艇！**（註16）

這艘全長三百公尺以上的潛水艇，一個大幅回轉向安蓓麗奴號秀出了側腹。我開始著手掌握它的艦型。

我對潛水艇不太熟悉……但是這個艦影，我似曾相識。

「東方號……！」

這是武藤前陣子在游泳池做的模型，史上最大的核子潛艇。

出航後隨即行蹤不明的悲劇潛艇——東方號。

「……你看到了嗎……」加奈突然趴在安蓓麗奴號的甲板，開口說。「沒錯。這艘是——過去被稱作東方號……備有戰略飛彈的核子潛艇。東方號沒有沉沒。它是**被偷走的**。被擁有史上最強頭腦的『教授』……！」

核子潛艇迴轉完畢，停了下來。加奈看到站在艦橋上的男人——

---

16 伊・幽在本書中原本是用片假名表示，並沒有漢字。直到第四集才有漢字出現，故以後將正名為「伊・U」。

立刻起身大叫：

「『教授』……請住手！不要跟這群孩子們交手！」

加奈跑到船頭前方，有如想保護我們一樣，雙腳張開站在那裡。

咻！

一切無聲無息。

加奈彈了回來，宛如被男人的**無形之手**給打中一樣。

她的長麻花辮在空中游動，整個人朝正後方倒下，當我接住她時——

一陣槍響，宛如遠雷般響起。

我撐住加奈的手指，感受到某種炙熱的液體。

騙人……這是騙人的吧。

「加奈！」

鮮血——！

加奈的胸口被射穿了。**子彈居然射穿了防彈制服**。

那個男人沒有任何動作，就從那個距離射中加奈。

「不可視子彈」！對方是用狙擊槍使出了大哥的招式嗎！

我抱著加奈藏住她，滿臉驚愕地抬起頭來，此時我看見……男人的身影……

「…………！」

瘦高的身材，鷹勾鼻和方形的下顎。

右手拿著老式的煙斗，左手撐著拐杖。

他的頭上沒有戴獵帽，跟**那張照片**和偵探科教科書上的圖片不一樣……

但事到如今，根本沒必要懷疑那是全像術（holography），或是似是而非的第三者。

伊・U的首領：「教授」。

看著那位外觀不知為何只有二十出頭的人物——

亞莉亞用沙啞不成聲的聲音，開口叫道：

「……曾、爺爺……！」

沒錯，此人正是亞莉亞的曾祖父。

夏洛克・福爾摩斯1世！

Go For The NEXT!!!

後記

大家好！能夠再次和各位讀者見面，我真的感到很高興！

我是赤松。

來來來，讓各位久等了！大受好評熱賣中的《緋彈的亞莉亞》第四集上市了！

這次的亞莉亞，各位看到こぶいち老師繪製的美麗插圖應該也能知道……她為了賭場警衛的工作，變裝成了「兔女郎」！

請各位讀者和喬裝成賭客的金次一起，在躲過亞莉亞新招式：兔耳攻擊的同時——一邊享受這次因為金次的大哥——加奈而震盪起伏的故事劇情吧。

第四集當中，當然也有白雪、理子、蕾姬、貞德、武藤及不知火的身影。

各位讀者喜歡的角色們，也很期待能夠和你在武偵高中再次相會。請各位今後也要繼續愛護他們喔！

此外這次彩頁的地方……沒錯！有新角色登場了。

同伴又增加了！真是太好了，小金！

那麼，第四集的發售日是二〇〇九年八月二十五日（日本時間）。

距離《緋彈的亞莉亞》第一集的發售時間，剛好滿一周年。

幾乎和一周年同一時間……漫畫版的《緋彈的亞莉亞》，將在八月二十七日發售的《月刊 comic alive 十月號》中開始連載了！

將來除了本篇的故事以外，大家每個月還能在漫畫上看到亞莉亞。

可喜可賀！真是太高興了！

而且我也很喜歡漫畫！

這些都是因為各位讀者購買了《緋彈的亞莉亞》，給予我熱情聲援的緣故。

真的、真的很謝謝大家。我由衷地感謝各位。

……狂喜之餘，這次的篇幅都用完了。《緋彈的亞莉亞》第四集就在這裡告一段落。

可是，這一點都不會寂寞。因為有第四集的結束，才會有第五集的開始。那麼下次再見了！

二〇〇九年八月吉日　赤松中學

繪者後記

亞莉亞終於第四集了！

我原本以為這次的封面會是蕾姬，沒想到居然是加奈。

真是嚇了我一跳！

這次在故事中出場次數不多的理子（護士版）。

為何在那個地方沒有指定要畫插圖呢……！我抱著這個想法，特地畫了這張圖出來。

真是愉快啊，嗯。

那麼我們第五集再見吧！

アリアもついに４巻！
今回の表紙はレキだと
思ってたらまさかのカナでし
びっくりした！
今回は本編で出番の
あまりなかったりこりん
（ナースバージョン）で。
何故あそこに挿絵指定が
ないのか…！という思いを
ぶつけてみました。
楽しかったです。うむ。
それでは５巻でまたお会いしましょう！

浮文字

緋彈的亞莉亞(4) 殞落的緋彈

(原名：緋弾のアリアⅣ 堕ちた緋弾(スカーレット))

作者／赤松中學　封面插畫／こぶいち　譯者／林信帆
發行人／黃鎮隆　協理／陳君平
總編輯／洪琇菁　國際版權／林孟璇
執行編輯／呂尚燁　美術主編／李政儀
企劃宣傳／邱小祐
出版／城邦文化事業股份有限公司 尖端出版
台北市中山區民生東路二段一四一號十樓
電話：(〇二)二五〇〇七六〇〇　傳真：(〇二)二五〇〇二六八三
E-mail：7novels@mail2.spp.com.tw
發行／英屬蓋曼群島商家庭傳媒股份有限公司城邦分公司　尖端出版
台北市中山區民生東路二段一四一號十樓
電話：(〇二)二五〇〇—七六〇〇(代表號)
傳真：(〇二)二五〇〇—一九七九
北部經銷／祥友圖書有限公司
電話：(〇二)八五一二—三八五一
傳真：(〇二)八五一二—四二五五
中部經銷／高見文化行銷股份有限公司
電話：〇八〇〇—〇五五—三六五
傳真：(〇二)二六六八—六二二〇
雲嘉經銷／智豐圖書股份有限公司　嘉義公司
電話：(〇五)二三三—三八五二
傳真：(〇五)二三三—三八六三
南部經銷／智豐圖書股份有限公司　高雄公司
電話：(〇七)三七三—〇〇七九
傳真：(〇七)三七三—〇〇八七
一代匯集／香港九龍旺角塘尾道六十四號龍駒企業大廈十樓B&D室
電話：(八五二)二七八三—八一〇二
傳真：(八五二)二七八二—一五二九
馬新總經銷／城邦(馬新)出版集團　Cite(M)Sdn.Bhd.
E-mail：Cite@cite.com.my
大眾書局(新加坡)　POPULAR(Singapore)
E-mail：feedback@popularworld.com
大眾書局(馬來西亞)　POPULAR(Malaysia)
E-mail：popularmalaysia@popularworld.com
法律顧問／通律機構
台北市重慶南路二段五十九號十一樓
二〇一〇年七月一版一刷
二〇一六年三月一版十一刷

■中文版■

郵購注意事項：
1. 填妥劃撥單資料：帳號：50003021戶名：英屬蓋曼群島商家庭傳媒(股)公司城邦分公司。2. 通信欄內註明訂購書名與冊數。3. 劃撥金額低於500元，請加附掛號郵資50元。如劃撥日起 10～14日，仍未收到書時，請洽劃撥組。劃撥專線TEL：(03) 312-4212 ・ FAX：(03) 322-4621。E-mail：marketing@spp.com.tw

國家圖書館出版品預行編目資料

緋彈的亞莉亞 / 赤松中學 著； 林信帆 譯. --1版.
--臺北市：尖端出版, 2009[民98] 面； 公分. --(浮文字)
譯自：緋弾のアリア
ISBN 978-957-10-4144-5(第1冊：平裝)
ISBN 978-957-10-4204-6(第2冊：平裝)
ISBN 978-957-10-4252-7(第3冊：平裝)
ISBN 978-957-10-4319-7(第4冊：平裝)

861.57　　98014545